나귀를 탄 소년

빈센트와 발렌틴을 위하여
"너희는 늘 꿈을 따르려무나."

Der Junge, der auf einem Esel ritt:
Das Leben ist keine Reise
Copyright ⓒ 2020 by Nestor T. Kolee

Korean Translation Copyright ⓒ 2022 by Thoughts of a Tree Publishing Co. Seoul
Korean edition is published by arrangement with Nestor T. Kolee
through BC Agency, Seoul.

이 책의 한국어판 저작권은 BC에이전시를 통해
저작권자와 독점 계약을 맺은 (주)도서출판 나무생각에 있습니다.
저작권법에 의해 한국 내에서 보호를 받는 저작물이므로 무단 전재와 복제를 금합니다.

나귀를 탄 소년

: 인생은 평온한 여행이 아니다

당신의 꿈을 믿고 나아가라!
그 길에 어떤 시련과 절망이 있을지라도!

네스토어 T. 콜레 지음 | 김희상 옮김

프롤로그

소년은 자신이 자랑스러웠다. 나귀를 타고 맨 앞에서 또래의 다른 소년들을 이끌었고, 다른 소년들이 소년의 뒤를 따랐기 때문이다. 이 나귀 순례는 소년의 아빠가 참가 신청을 했다. 나귀 주인은 소년을 보더니 맨 앞에서 무리를 이끌 나귀 위에 앉혀주었다.

곧이어 나귀들이 출발했다. 소년은 계속해서 자신이 탄 나귀의 목덜미를 쓰다듬어주었다. 무리는 안달루시아의 아름다운 풍경 속에서 꾸준히 앞으로 나아갔다. 선두에 선 소년은 주변을 거의 살피지 않고 오로지 나귀에게만 신경 썼다.

목적지까지 절반쯤 갔을까. 돌연 소년이 탄 나귀가 멈추어서더니, 머리를 앞으로 숙이고 풀을 뜯어 먹기 시작했다. 소년은 풀을 뜯는 나귀를 기쁜 마음으로 바라보았다.

"꼭꼭 씹어 먹으렴."

소년은 나귀가 쉬는 동안 계속해서 나귀의 목덜미를 쓰다듬어주었다.

하지만 다른 나귀들은 멈춰 서지 않았다. 무리 가운데 두 번째로 달리던 아이가 소년을 앞질렀다. 길을 가는 내내 소년의 뒤에서 따라왔던 아이는 자신이 선두에 선 것이 무척 좋았다. 앞질러가는 아이의 얼굴이 환하게 빛났다. 세 번째로 달리던 아이도 소년을 추월했다. 마찬가지로 네 번째도, 다섯 번째도…. 그러나 소년은 동요하지 않고 계속해서 나귀의 목덜미만 쓰다듬어줄 뿐이었다.

"우리는 쉬었다 가자. 편안하게 쉬렴. 너는 휴식을 누리는 게 마땅해."

소년은 미소를 지으며 계속 나귀를 쓰다듬었다. 나귀는 평온하게 풀을 뜯었고, 다른 나귀들이 앞질러가게 내버려두었다.

소년은 자신을 앞질러가는 아이들의 반응이 시시각각 변하는 것을 알아차렸다. 선두에 선 아이들은 소년을 앞지른 것에 무척 행복해했다. 뒤로 처지는 소년을 보며 깔깔대고 웃기도 했다. 그러나 시간이 갈수록 뒤따르는 아이들의 웃음은 심드렁해졌으며, 몇몇 아이는 아예 노골적으로 소년을 비웃었다.

소년에게 욕을 퍼붓기도 했다.

그러나 소년은 평온했고, 아이들이 무어라 하든지 귀 기울여 듣지 않았다. 아이들의 욕설에 잠깐 놀라는 표정을 짓긴 했다. 그러나 이내 나귀에게만 다시 집중하여 목덜미를 쓰다듬어주고 계속 풀을 뜯게 했다.

드디어 마지막 아이가 소년을 앞질렀다. 아이의 표정에서 소년은 동정심을 읽었다. 그 아이는 무리의 꼴찌로 남는다는 것이 어떤 기분인지 잘 알았다. 어른들이 꼴찌는 부끄러운 것이라고 귀에 못이 박이도록 말했기 때문이다. 그러나 소년은 이미 오래전부터 어른들의 말을 다 믿지 않았다.

꼴찌로 달리던 나귀가 소년을 지나쳐 앞서 나갈 즈음, 소년의 나귀가 그제야 풀을 뜯던 것을 멈추었다. 나귀는 고개를 들어 앞서가는 무리를 잠깐 보더니 뒤따라 달리기 시작했다. 소년의 애정과 격려가 나귀에게 힘을 주기라도 한 것일까. 나귀는 꾸준한 속도로 달렸고, 다른 나귀들을 차례로 따라잡았다. 출발했을 때보다 빠른 속도로 소년과 나귀는 다른 아이와 나귀들을 앞질러 나갔다.

다른 아이들의 표정은 완전히 달라졌다. 아이들은 앞질러가는 소년을 보며 질투와 미움을 느꼈다. 선두에 선 아이들은 소년에게 따라잡히는 게 아닐까 초조하기만 했다. 그래서 따라잡히지 않으려고 나귀에게 박차를 가하며 빨리 가라고 거칠게 몰아세웠다. 맨 앞에서 가던 아이는 계속 가까워지는 소년을 보고는 화가 나서 얼굴이 새빨갛게 달아올랐다.

  마침내 소년이 다시 무리의 선두 자리에 올라섰다. 달리는 동안에도 소년은 내내 나귀의 목덜미를 다정하게 쓰다듬었다. 처음 순례를 시작할 때의 자랑스러움은 이제 나귀를 향한 깊은 애정으로 변했다.

1

부슬비가 내렸다. 방울방울 맺힌 빗방울이 자동차의 앞 유리에서 아래쪽으로 흘러내렸다. 스페인의 국도를 달리느라 자동차에 달라붙은 흙먼지를 와이퍼가 빗방울과 함께 부지런히 닦아냈지만, 오히려 구정물 자국만 남길 뿐이었다. 구정물은 차가 지나가는 황무지의 풍경도 무거운 납처럼 가라앉게 만들었다.

톰은 방향감각을 완전히 잃었다. 그의 인생이 어느 방향으로 나아가야 하는지 누구도 알려주지 않았다. 아버지가 돌아가신 지도 벌써 몇 주가 흘렀다. 톰은 하루가 다르게 무너져 내렸다. 어디로 가야 하는지 도무지 알 수 없었다. 아버지는 톰의 유일한 가족이었다. 그리고 이제 톰에게는 아무도 없었다.

더는 견딜 수가 없게 되자 톰은 무턱대고 집을 뛰쳐나왔다. 장소를 바꿔볼 필요가 있었다. 공간이 바뀌면 도움이 되지 않을까? 막연히 이렇게 생각했다. 그러나 소용없었다. 톰은 말라가Málaga°에 도착했을 때쯤 이미 장소가 바뀌어도 아무 도움이 되지 않는다는 것을 깨달았다. 갑작스런 일탈은 모든 것을 더욱 열악하게 만들 뿐이었다.

톰은 차를 렌트해 그냥 무턱대고 달렸다. 머릿속에서 질문들이 꼬리에 꼬리를 물고 맴돌았다. 아버지에게 간절하게 묻고 싶은 것들이었다.

'아버지가 살아 계셨더라면 어느 쪽으로 나아가야 할지 명확한 답을 주셨을 텐데….'

그러나 죽음은 답을 주지 않는다. 죽음은 누구든 홀로 남겨놓을 뿐이다.

아무것도 없는 황량한 풍경. 그야말로 공허한 땅으로 톰은 계속 달렸다. 스페인 내륙의 어디쯤인지 가늠조차 되지 않는 삭막한 풍경은 톰의 인생만큼이나 텅 비어 보였다.

숙소를 가리키는 마지막 입간판을 지나온 지도 벌써 오래전이었다. 숙소로 향하는 도로는 국도를 벗어나 산 쪽으로 구불

○ 스페인 안달루시아 지방에서 지중해와 면한 항구도시이자 휴양지다. — 옮긴이

구불 이어져 있었다. 톰은 그 길로 들어서기 위해 운전대를 꺾으면서 돌아가기에는 연료가 충분하지 않음을 알아차렸다.

'돌아간다 한들 무슨 의미가 있을까?'

톰은 생각했다.

'아무것도 없는 그 인생으로 돌아간다? 그런 인생이 무슨 의미를 가질까?'

톰은 계속 이런 물음들을 곱씹었다. 아버지가 살아 있었다면 틀림없이 답을 주었을 텐데…. 따지고 보면 답은 낙관주의자가 주는 것이리라. 오로지 흔들림 없는 낙관주의자만이 항상 답을 줄 수 있다. 인생이 침묵할 때조차.

'산다는 게 의미가 있을까?'

톰은 아버지에게 이것만큼은 꼭 물어보고 싶었다.

그는 조수석을 바라보았다. 거기에는 돌아가신 아버지를 추억할 수 있는 물건이 놓여 있었다. 호주머니에도 넣을 만한 아주 작은 상자였다. 두드러져 보일 게 없는 소박함은 아버지의 인생 그대로였다. 상자는 닫혀 있었지만 톰은 그 안에 든 것을 두 눈으로 보듯 선명하게 떠올렸다.

상자 안에 든 물건은 톰이 소중히 여기는 것이었다. 아버지는 그것을 '하트 보석'이라고 불렀다. 하트 보석은 작은 녹색의 에메랄드였다. 톰은 그것을 두고 아버지가 항상 했던 말을 정확히 기억했다.

'이 보석이 너를 지켜줄 거야. 이것을 지니고 있으면 너는 무사할 거야.'

톰의 아버지는 보석이 '타불라 스마라그디나Tabula Smaragdina'○라는 석판에서 떨어져 나온 조각이라고 말하곤 했다. 오랜 전설에 따르면 이 석판에는 우주의 비밀이 기록되었다고 한다. 이야기를 듣고 감동한 톰은 하트 보석을 무척 소중히 아꼈다. 그러나 성장해서는 그저 에메랄드가 깨져 생겨난 파편에 불과할 것이라고 생각했다. 아버지가 해변에서 주운 것에 그럴싸한 이야기를 붙였을 거라고. 물론 어려서 톰은 마법을 믿었으며, 이 돌에서 마법의 힘이 나온다고 느꼈다.

돌아가신 아버지를 떠올리자 그 마법의 힘이 다시금 느껴졌다. 아버지는 이야기를 재미있게 들려주는 솜씨가 뛰어났고 톰은 그 마법의 힘 덕분에 자신이 살아 있음을 믿었다. 이야기는 생생했고 의심할 수가 없었다.

'아버지의 이야기가 그립다. 아버지가 그립다. 아버지는 항상 인생에 의미를 부여할 줄 아셨는데….'

○ 비취색의 에메랄드 석판으로 연금술의 비법이 담긴 유물이다. 이집트의 '기자 피라미드' 기둥에서 발견되었다. 고대 그리스의 신 헤르메스가 쓴 것이라는 전설이 있으나, 실제로는 6세기에서 8세기 사이 쓰인 것으로 보인다. 12세기에 라틴어로 번역되어 연금술의 교본처럼 떠받들어졌다. — 옮긴이

그동안 빗줄기가 제법 굵어졌다. 자동차의 흐릿한 차창 너머로 멀리 산장이 모습을 드러냈다. 국도의 입간판이 가리켰던 바로 그 숙소였다. 산장은 산비탈에 자리를 잡은 크고 오래된 통나무집이었다. 멀리서 보았을 때는 마치 암벽을 깎아 지은 것 같은 인상이었다. 그러나 차를 타고 가까이 가서 보니 멀리서 본 인상과는 많이 달랐다.

산장은 산비탈에 우뚝 선 암벽에 맞대어 지어져 있었다. 빗물에 젖어 반짝이는 원목이 산장으로 어서 오라고 손짓하는 것처럼 보였다. 차에서 내린 톰은 산장 쪽으로 처음에는 천천히 걷다가 점점 빨리 걷기 시작했다. 빗방울이 점점 굵어지더니 이제 본격적인 소나기로 퍼부어댔다.

아래쪽에서 올려다본 산장은 어딘지 모르게 스산한 분위기를 자아냈다. 족히 몇백 년은 된 것만 같은 통나무집은 가까이 다가갈수록 침침해 보였다. 그러나 톰은 달리 선택할 수 있는 게 없었다. 최소한 산장 안에는 불빛이 있겠지. 흠씬 젖은 그는 마침내 산장 현관 앞에 섰다. 오랜 세월 바람을 맞아 약간 구부정하게 비틀린 현관이었다. 톰은 잠깐 망설였다. 그러다가 문 위에 새겨진 이상한 이름을 보았다. 이 안에서 과연 무슨 일이 기다리고 있을까.

2

산장은 아늑하고 따뜻했다. 톰은 일단 마음이 한결 놓였다. 산장 안은 바깥에서 볼 때와는 전혀 달라 보였다. 더 이상 스산하거나 우울하지 않았으며, 오히려 마법의 공간처럼 신비함이 묻어났다.

톰을 맞이한 것은 커다란 거실과도 같은 공간이었다. 중앙에는 쇠로 만든 큰 접시가 천장에 매달려 있었다. 쇠줄로 천장에 고정된 쇠 접시 아래에서는 장작불이 타오르고 있었다. 그 열기가 실내를 따뜻하게 채우고 위로했다.

톰은 유일한 손님이 아니었다. 거실에는 대여섯 명의 사람들이 앉아 대화를 나누고 있었다. 잠시 손님들의 면면을 살피며 톰은 그곳이 특별한 장소라는 느낌을 지울 수 없었다.

'세상은 참으로 묘하구나!'

목적지도 없이, 아무 생각도 없이 이처럼 덜컥 집을 떠나본 적은 그동안 한 번도 없었다. 예전 같으면 이런 일탈은 엄두도 내지 못했을 것이다.

'인생을 살면서 우리는 어디로 가려는지 항상 계획을 가져야 해. 그렇지 않으면 길을 잃으니까.'

톰은 항상 이렇게 생각해왔다.

'하지만 인생 자체가 나름대로 계획을 가지고 우리를 끌고 가고 있다면 우리는 거기에 따라야 하는 게 아닐까.'

특별하고도 묘한 그 공간을 가만히 지켜보고 있자니 문득 이런 생각이 들었다. 톰은 자신이 어쩌다 이곳까지 오게 되었는지 알 수 없었다.

"길 잃은 사람처럼 뭘 그렇게 두리번거리고 있어요? 당신은 제대로 찾아온 게 맞아요."

어떤 목소리가 생각에 잠겨 있던 톰을 깨웠다. 어디서 나타났는지 키가 작고 어머니 같은 인자한 미소를 지은 노파가 톰에게 말을 걸었다. 노파는 친근한 표정으로 톰을 바라보았다.

"빠르든 늦든 누구나 이곳을 찾아오게 마련이죠."

톰은 이게 무슨 말인가 싶어 눈을 동그랗게 떴다. 노파는 잔잔한 미소를 지었다.

"방향을 잃고 헤매는 사람들."

노파는 톰을 바라보았다.

"그들은 늘 네판테Nepanthé°를 찾아오죠."

톰은 바깥에서 보았던 기묘한 이름을 다시 떠올렸다. '네판
테'는 현관문 위쪽 나무 테두리에 새겨져 있던 이름이다. 도대
체 무슨 뜻을 가진 이름일까? 톰은 호기심 어린 표정으로 노
파를 보았다.

"잠깐만 기다려요. 곧 알게 될 테니. 지금은 일단 뭘 좀 먹어
야죠? 배가 무척 고플 텐데요."

노파는 톰을 이끌고 쇠 접시 가까이에 있는 작은 탁자들 중
한 곳으로 데려갔다. 장작불은 따뜻했고, 그 앞에 앉아 있는
동안 젖은 옷이 천천히 말랐다. 장소가 여전히 기묘하기는 했
지만, 톰은 편안하고 안전하다는 느낌을 받았다. 음식이 탁자
위에 차려지는 동안 그는 노파가 했던 말과 네판테라는 이곳
의 이름이 과연 무엇을 뜻하는지 잠시 생각했다.

'참 묘하네. 나는 아무것도 주문하지 않았는데….'

퍼뜩 이런 의문도 들었다. 하지만 곧이어 몇 시간째 아무것
도 먹지 않았다는 사실이 떠올랐다. 톰은 더는 아무 질문도 하

○ 저자가 고대 그리스어에서 따온 단어로, '시름을 잊게 하는 곳'이라는 뜻이다. ─ 옮긴이

지 않고 탁자에 차려진 음식을 먹으며 주린 배를 채울 수 있음에 감사했다.

"맛이 있어요?"

옆에서 노파가 불쑥 물었다. 배고픔을 달랜 사람만이 보여줄 수 있는 흐뭇한 미소를 지으며 톰은 노파를 바라보았다.

"훌륭합니다. 주문도 안 했는데, 저절로 차려지는 식탁은 처음이네요."

노파는 처음에 보였던 온화한 미소를 다시 지으며 말했다.

"여기는 당신이 무엇을 필요로 하는지 저절로 아는 곳이죠."

노파는 이 말과 함께 눈앞에서 사라졌다가 이내 다시 나타났다. 그 바람에 톰은 노파가 한 말이 무슨 뜻인지 생각할 겨를조차 없었다. 노파는 진흙을 빚어 구운 소박한 잔 두 개에 와인을 가득 담아 가지고 와서 탁자 위에 올려놓은 뒤 톰과 마주 앉았다.

"이곳의 이름은 고대 그리스 신화에 등장하는 묘약의 이름을 딴 거예요."

노파는 잠시 뜸을 들였다가 다시 말을 이었다.

"네펜테스Nepenthes는 고통을 제거하고 두려움을 몰아내기 위해 와인에 섞는 물약이에요. 신들에게 바치는 제물이죠."

톰은 노파가 이야기하는 동안 두 개의 잔에 눈길이 가는 것을 피할 수 없었다.

"여기는 사람들의 아픔과 시름을 덜어주기 위한 안식처라고 할 수 있죠. 두려움에 떠는 사람은 그 두려움을 떨치고, 병자는 다시 얻은 생명에 기뻐하죠."

노파는 잠시 숨을 고르며 톰을 은근하지만 강렬한 눈빛으로 바라보았다.

"그리고 길을 잃고 헤매는 사람에게는 나아갈 길을 다시 열어준답니다."

톰은 노파의 말이 자신을 두고 하는 것임을 알아채고, 그 길이 대체 어떤 길인지 자문했다. 노파는 말을 계속 이었다.

"이곳이 네판테인 것도 바로 그런 이유예요. 이곳은 근심이 없는 장소랍니다."

말을 마친 노파는 더는 아무 말도 하지 않았다.

근심이 없는 곳이라고? 톰은 마음속으로 되뇌었다. 그렇다면 며칠 전 집을 떠나며 자신이 찾았던 장소가 바로 여기일까? 아픔을 끝내고 고통을 잊게 만들 곳이 여기라고?

"방향을 잃고 헤매는 사람들은 늘 네판테를 찾아온다…."

톰은 노파가 처음에 했던 말을 중얼거렸다. 노파는 톰을 바라보며 말없이 고개를 끄덕였다.

"그렇지만 저는 의도적으로 이곳을 찾은 게 아닌데요. 저에게는 이곳이 마지막 숙소였을 뿐이에요."

노파는 다시금 온화한 미소를 지었다.

"그래도 여기 이렇게 왔잖아요."

노파는 차분한 목소리로 말했다.

톰은 손으로 자신의 잔을 가리키며 물었다.

"이걸 마셔야만 하나요?"

그러자 노파도 자신의 잔을 손짓하며 말했다.

"나도 같이 마실 거예요. 하지만 결정은 당신 몫이에요. 원하지 않는데 꼭 해야만 하는 일은 인생에 없어요."

톰은 그 상황을 어찌 받아들여야 좋을지 몰라 어리둥절하기만 했다. 하지만 뭔가 나쁜 일이 벌어지지는 않을 거라는 믿음은 있었다. 그는 손을 뻗어 잔을 잡으며 물었다.

"이걸 마시면 무슨 일이 일어나죠?"

노파는 깊이가 느껴지는 차분함으로 대답했다.

"모든 근심이 당신에게서 떨어져 나갈 거예요."

톰은 생각에 잠겼다. 이제 더 잃을 것도 없지 않은가. 분명 독을 타지는 않았으리라. 노파를 의심할 이유는 없었다. 음식은 훌륭했으며, 노파는 그에게 불가의 따뜻한 자리도 내주었다. 거실에 있는 다른 손님들도 친절해 보였다. 무엇보다 그들도 이곳에 도착했을 때 노파가 주는 것을 마셨을 텐데, 무슨 해를 입은 것처럼 보이지는 않았다. 아마도 이 음료에 담긴 신비한 효과는 손님들의 긴장을 풀어주려는 호의로 노파가 지어낸 농담이지 않을까.

다른 손님들도 모두 톰처럼 길을 잃고 헤매다가 이곳을 찾은 것처럼 보였다. 그렇지 않고서야 이런 외진 곳을 찾아올 이유는 없지 않을까.

'이걸 마신다 해도 아무 일도 일어나지 않을 거야. 고작해야 나중에 침실로 갈 때 술기운에 좀 몽롱할 뿐이겠지.'

어쨌든 잠은 푹 잘 수 있을 거 같았다. 그러면 괴로운 생각으로 뒤척이던 힘든 밤은 면할 수 있지 않을까.

"저야 그렇다 치고 어르신은 왜 마시죠?"

톰이 물었다. 근심을 떨쳐버려야 하는 사람은 자신뿐이라는 생각이 들었기 때문이다.

"당신을 이곳과 이어주기 위해서죠."

노파가 대답했다.

톰은 미소를 지었다. 아무래도 노파는 그저 와인을 즐기는 듯했다. 톰은 노파의 말투와 세상을 보는 관점이 마음에 들기 시작했다. 아버지가 이야기를 들려줄 때마다 느꼈던 신비로움이 연상되었기 때문이다.

'아버지를 위하여.'

톰은 잔을 들면서 속으로 이렇게 외쳤다. 노파도 잔을 들고 함께 와인을 마셨다. 잔에 담긴 것은 실제로 와인이었다. 와인은 매우 달았지만, 약간 쓴맛이 나기도 했다. 톰은 마치 물약을 들이켜듯 와인을 마셨다. 노파 역시 잔을 비우고 다시 자리에서 일어섰다.

"아니, 그대로 가세요? 저는 그럼 이제 뭘 하면 되죠?"

톰은 자리에서 일어나 가려는 노파를 보며 물었다.

"이미 얘기했잖아요. 이제 근심이 당신에게서 떨어져 나갈 거예요."

톰은 의아한 표정으로 노파를 올려다보았다. 그저 장난을 친 건가? 순진하게 노파의 말을 곧이곧대로 믿은 자신에게 슬그머니 짜증도 났다. 그때 노파가 말을 이었다.

"이제 침실로 가서 잠자리에 드세요. 꿈이 당신에게 방향을 일러줄 거예요."

그 말을 듣는 순간 톰은 자신이 노파의 농간에 빠졌다는 느낌을 지울 수 없었다. 그는 꿈을 전혀 꾸지 않았기 때문이다. 어렸을 때부터 톰은 단 한 번도 꿈을 꾸지 않았다. 노파는 이런 수작으로 무슨 신통한 능력이라도 가진 양 다른 손님들에게 자랑을 했으리라. 아니면 손님들이 와인에 취해 잠들었다가 다음 날 아침 노파에게 꿈 이야기를 했던 걸까. 하지만 톰은 자신에게는 그런 일이 일어날 수 없음을 확실히 알았다. 그는 그냥 꿈을 꾸지 못한다. 노파는 톰의 생각을 읽기라도 한 것처럼 그의 눈을 지그시 들여다보았다. 그리고 진지한 목소리로 말했다.

"오늘 밤에는 꿈을 꿀 거예요."

3

끝없이 펼쳐진 사막, 시간이 사라져버린 그 공간에서 베두인족 남자 '인 라케치In Lak'ech'는 야자나무 그늘에 앉아 기다렸다. 마치 영원과도 같은 기다림이었다. 기다림은 그의 소명이었다. 정해진 자리에 앉아 하염없이 기다려야 했다. 무슨 일이 일어나기까지.

이 끝없이 펼쳐진 사막에서 뭔가 움직일 것이다. 낮과 밤, 해와 달의 순환, 늘 같은 기복을 되풀이하는 지루한 인생을 뒤흔들어줄 무언가가. 혼신의 힘을 다해 몰두할 수 있는 순간이 찾아오기까지 인 라케치는 이곳에 앉아 기다리면서 자신에게 주어진 소명에 헌신할 각오를 다졌다.

인 라케치는 그 순간이 가까이 다가오고 있음을 느꼈다. 그는 눈앞에 펼쳐진 모래사막에서 눈을 떼지 않았다. 마치 사막 속으로 스며들어 사막과 하나가 되려는 사람처럼. 그는 모래 알 한 알 한 알을 느끼며 그것과 혼연일체를 이루었다. 마치 모래알 안에 생명으로 충만한 세계 전체가 담겨 있는 것처럼. 한 알의 모래알은 모든 가능성을 담은 우주였다. 그 자신이 언제나 되뇌듯 온몸으로 하나 되는 합일의 순간을 통해 그는 모래알 안에서 일어나는 생명의 약동을 감지했다.

오늘 그는 다시금 그런 느낌이 들었다. 티끌만 한 모래알, 이 작은 우주 안에서 저 멀리 인간의 육안으로는 볼 수 없는 지평선 너머의 움직임이 포착되었다. 그는 확실하고도 분명하게 감지할 수 있었다. 무엇인가 일어나고 있었다. 알아보기가 지극히 어렵긴 했지만, 움직임은 분명했다. 이 움직임은 계속되리라.

"다시 때가 되었다."

인 라케치는 이렇게 말하며 자신의 과제를 준비하기 시작했다.

"일단 물음이 제기되면 계속해서 움직임을 일으킨다."

모래알처럼 작은 움직임일지라도 지평선을 바꾸어놓을 수 있다. 이 움직임은 처음에는 작지만, 시간이 지날수록 세력을 키우며 강력해질 수밖에 없다. 답을 구하려는 힘은 갈수록 더

절박해지고 전력을 다할 것이다. 이 거부할 수 없는 힘이 물음을 품은 사람을 그에게 이끌어오리라.

이번에도 조짐이 분명했다. 인 라케치가 지평선 너머 작은 모래알 하나의 움직임으로 포착한 것이 이제 그에게 다가왔다. 멀리서 그림자 하나가 나타났다. 그림자의 윤곽은 그에게 가까이 올수록 더 선명하게 사람의 형태를 갖추었다.

인 라케치는 시간이라는 것을 알지 못했다. 이곳에 시간은 존재하지 않았다. 이곳을 찾는 사람이 시간이 없다는 사실에 놀랄 때마다 인 라케치는 이곳이 시간이라는 환상에서 해방된 곳이라고 친절하게 설명해주었다. 이곳은 공간이라는 환상에서도 자유롭다.

잠시 뒤 인 라케치가 모래 속의 첫 움직임을 감지한 이후, 곧 나타나리라 기대했던 남자가 그의 앞에 섰다.

"다시 만나 반갑군요."

인 라케치는 친근하게 인사를 건넸다.

"우리가 만난 게 마치 어제 같군요."

인 라케치는 이렇게 말하며 '어제'라는 단어를 자신이 쓴 것에 어색한 미소를 지었다. 상대방은 어리둥절한 표정으로 그를 보았다.

"내가 어떻게 여기를 온 거죠?"

남자가 물었다.

"당신은 매번 그걸 묻는군요."

인 라케치는 이렇게 대답하며 부드러운 미소를 지었다. 남자는 이해할 수 없다는 표정을 지었다.

"내가 여기를 이미 왔었다고요?"

그는 도통 기억이 나지 않는다는 듯 난처한 표정을 지어 보였다.

"당신은 이해하기 어렵겠지만, 여기는 시간이 존재하지 않는 곳이에요. 그래서 당신은 과거에도, 지금도, 앞으로도 항상 이곳에 있어요. 당신 스스로 이곳에 있지 않은 경우만 뺀다면 말이에요."

인 라케치는 남자에게 이렇게 답해주었다. 이 답은 그가 해줄 수 있는 유일한 것이었다. 남자는 혼란에 빠졌다. 인 라케치는 남자가 당혹해하는 것을 고스란히 목도했다.

'이곳에 있다는 걸 의식할 때마다 사람들은 저렇듯 당황하게 마련이지.'

인 라케치는 이렇게 생각하며 남자가 적응할 수 있게 도와야겠다고 생각했다.

"우리가 흔히 '지성'이라 부르는 것으로 이해하려 해서는 안 돼요. 가장 간단한 방법은 느끼는 거예요. 당신이 여기 있다는 것, 바로 이 순간에 존재한다는 것을 느껴야 하죠."

남자는 그게 무슨 말인지 여전히 이해하지 못했지만, 흥분과 당혹감은 약간 가라앉은 것처럼 보였다. 어떻게 해서 이곳에 오게 되었는지에 덜 집중하면서 진정이 되었다고나 할까. 그는 이곳 사막의 한복판에서 베두인족 남자 앞에 자신이 서 있다는 사실을 현실로 받아들였다. 시작과 끝이 어디인지 전혀 알지 못하고, 자신이 이곳에서 무얼 어떻게 해야 하는지도 모르지만 그는 지금 이 순간 자신의 존재를 받아들였다.

"시작해볼까요?"

인 라케치가 은근한 목소리로 물었다.

"무엇을 시작한다는 말이죠?"

남자가 반문했다. 인 라케치는 그에게 앉으라고 손짓했다. 남자는 자신 앞에 있는 작은 탁자를 내려다봤다. 작은 탁자 위에는 형태가 또렷하지 않은 물건이 놓여 있었는데 한눈에 봐도 고급스런 천으로 덮여 있었다. 폭이 넓고 납작해 보였지만 그냥 봐서는 무엇이 있는지 알 수가 없었다.

"무엇을 시작하느냐고요?"

인 라케치가 남자의 질문을 되풀이했다.

"당신이 왜 이곳에 왔는지 답을 찾아야죠."

남자는 놀란 눈으로 베두인을 바라보았다. 그래, 그거야말로 중요한 문제였다. 그는 드디어 중요한 물음이 주어졌다는 예감을 받았다. 조금 전 그 자신이 품었던 물음이기도 했다. 나는 지금 왜 이곳에 있을까. 이 물음은 사는 동안 어딘가에 숨어 있다가 어느 순간 불현듯 우리를 사로잡는다. 그만큼 절박하게 다가오고, 중요한 것이기도 하다.

남자는 자신이 이 물음을 때마침 떠올린 것인지, 아니면 베두인이 상기시켜준 것인지 잘 분간이 되지 않았다. 하지만 분명한 것은 베두인이 해준 말로 물음이 가진 절박함이 실감 나게 다가왔다는 점이다.

"이 물음은 당신의 인생이 어떤 의미를 가지는지 묻는 것이죠. 당신이 세상에 왜 존재하는지, 이 물음의 답이 당신에게 다시 방향을 제시해줄 거예요."

인 라케치는 남자의 눈을 보며 이제 그가 기억을 떠올렸음을 알아차렸다.

"그럼 시작해볼까요?"

인 라케치는 다시 이렇게 물으며, 탁자 위에 놓인 물건을 가리켰다.

"이번에는 답에 성큼 다가갈 수 있을 거예요, 내 친구 알라킨AlaK´in."

이 말을 들은 남자는 일순 긴장했다. 베두인이 이름으로 그를 부른 것은 이번이 처음이었기 때문이다.

'하지만 그건 내 이름이 아닌데….'

남자는 베두인이 천을 천천히 걷어내는 걸 보면서 속으로 이렇게 중얼거렸다. 그러고는 천 아래에서 모습을 드러낸 물건을 놀란 눈으로 들여다보았다.

"이건 생각을 보여주는 거울이에요."

인 라케치는 남자를 뚫어져라 바라보았다.

"이것 때문에 당신이 여기 있는 거죠."

남자는 그 말이 무슨 뜻인지 몰라 어리둥절한 표정을 지었다. 가슴속에서 기묘하다는 느낌이 먹물처럼 번졌다. 그는 솔직히 거울 속 자신을 들여다볼 자신이 없었다. 왜 그런지는 알 수 없었다.

장식이 많이 들어간 틀을 가진 거울은 귀중해 보이면서도 동시에 소박한 면이 있었다. 누구나 가질 수 있을 만한 평범한 거울이었다. 그럼에도 남자는 화려한 장식 때문에 거울이 귀하게 보인다고 생각했다.

그는 거울 장식을 좀 더 자세히 살펴보려고 했다. 그러자 놀랍게도 장식이 무슨 말을 하는 듯했다. 거울의 장식과 무늬가 일정한 형태로 죽 펼쳐지고, 거울의 표면적이 점점 넓어지기 시작했다.

그리고 문자가 나타났다. 그것은 삶 속에서 펼쳐지고 서로 얽힌, 오래된 지혜를 담은 격언이었다. 문자들은 남자의 귀에 닿으려는 듯 더듬이를 길게 내뻗었다.

"우리를 보세요, 알라 킨."

문자들이 속삭였다. 알라 킨은 얼른 거울로부터 시선을 돌렸다.

"이제 당신 이름이 기억나는 모양이군요."

베두인이 남자를 보며 미소를 지었다. 거울을 처음 슬쩍 보았을 때 느꼈던 기묘함은 이제 한결 줄어들었다. 알라 킨은 혼란을 이겨내고 긴장을 누그러뜨렸다. 처음 이곳에 왔을 때 당황한 나머지 갈피를 못 잡았다면, 이제 그는 침착하고 평온했으며, 자신이 이곳에 있다는 사실을 받아들였다. 그는 여전히 자신이 어떻게 이곳에 오게 되었는지 알지 못했지만, 그렇다고 혼란스러워하지는 않았다. 이 기묘한 장소가 대체 어디이고, 자신이 이곳에서 무엇을 해야 하는지도 크게 중요하지 않았다. 중요한 것은 오로지 '지금 이 순간'이었다. 자신이 발을 디디고 선 바로 지금 여기. 지금 말고 시간은 없다. 여기가 아닌 다른 공간 역시 없다. 베두인 남자가 말했던 그대로.

"내 이름은 당신이 부른 그대로군요."

남자는 인 라케치에게 이렇게 말하는 자신의 목소리를 들었다. 그는 자신의 이름도 주어진 대로 평온하게 받아들이기로 결심했다. 그가 지금 느끼는 평온함은 이곳에서 자신에게 주어진 것을 고스란히 받아들이게 했다. 가슴 저 깊숙한 곳에서 남자는 세상의 만물에게 이름을 붙여 부르는 일이 아무런 의미가 없음을 느꼈다. 이름으로 불리는 것은 이름 그대로 굳어진 나머지 돌이 되어 빠르든 늦든 언젠가는 깨져버리고 만다. 이름을 부른다는 것은 사물을 존재로서의 은혜로운 순간, 곧 사물이 존재하는 유일한 순간으로부터 떼어내는 것이다. 다시 말하자면 알라 킨이라 불릴 때 자신이 존재하는 지금 이 순간으로부터 남자는 떼어내지는 것이다.

"지난번 이후 당신은 큰 깨달음을 얻었군요."

인 라케치는 생각에 잠긴 알라 킨을 바라보면서 뿌듯함을 숨기지 않았다.

"이 깨달음을 간직해두세요."

알라 킨은 놀란 눈으로 인 라케치를 바라보았다.

"어떤 깨달음을 말인가요?"

인 라케치는 호감 어린 눈길로 그를 마주 보았다.

"당신은 오로지 이 순간에만 존재한다는 깨달음 말입니다. 이 순간은 유일하죠. 이 순간과 이 순간, 당신의 이 순간과 이 순간들이 분리될 수 있도록 만들어진 순간. 이 순간은 당신의

'지금 여기'라는 순간을 해체시키기 위해 계속 만들어지는 거예요."

알라 킨은 이런 깨달음이 어디에 쓸모가 있을지 알지 못했다. 그럼에도 그는 방금 베두인이 자신에게 큰 선물을 주었다는 것을 깨달았다. 아마도 무기로, 방탄복으로, 또는 마법의 주문으로 쓰도록. 사악함에 맞서 싸워 자신을 지킬 수 있도록.

"제 존재의 의미는 어떻게 해야 찾을 수 있을까요?"

한동안 침묵하던 알라 킨이 이윽고 물었다. 인 라케치는 사막을 물끄러미 바라보았다.

"늘 그랬듯 이곳은 당신에게 시험을 치르게 할 겁니다."

인 라케치는 침착하고 부드러운 목소리로 말했다.

"시험을 통과한다면 당신은 존재의 의미를 깨우칠 테죠."

두 사람은 가만히 앉아 말없이 사막을 바라보았다.

"그 말은 제가 이런 시험을 자주 치렀다는 뜻인가요?"

침묵 끝에 알라 킨이 물었다.

"그렇죠. 우리는 이런 시험을 자주 치렀지요."

베두인이 대답했다.

"결과는 어땠죠?"

인 라케치는 이런 상황이 재미있다는 듯 약간 즐기는 표정으로 알라 킨을 바라보았다.

"그때그때마다 달랐어요."

"그 말은 내가 시험을 한 번쯤은 통과했다는 거네요?"

알라 킨은 흥미로운 표정으로 물었다.

"어떤 때는 힘들어했고, 어떤 때는 간단히 통과했어요. 한 번은 인생의 의미를 찾았고, 다른 때는 의미를 찾으려는 시도조차 하지 않았어요."

알라 킨은 무슨 말인지 알아듣지 못했다.

"어떻게 그럴 수가 있죠?"

"그거야 늘 달라지는 문제니까요. 인생은 그때그때 달라지는 법이죠."

말을 마친 인 라케치는 잠깐 숨을 고른 뒤 다시 입을 열었다.

"하지만 당신이 이곳을 찾을 때마다 존재의 의미는 당신에게 그 속내를 드러내 보이곤 했어요."

인 라케치는 신중하게 다음 말을 골랐다.

"그리고 이번에는 그 어느 때보다 진전이 있을 거라는 좋은 예감이 드는군요."

그는 알라 킨을 친근한 표정으로 바라보았다.

"그럼 시작해볼까요?"

인 라케치는 흔들림 없는 차분함으로 물었다.

알라 킨은 한동안 아무 말도 하지 않았다. 그는 베두인이 한 말을 두고 잠시 생각에 잠겼다. 모든 걸 남김없이 이해했는지 자신할 수는 없었지만, 거울을 처음 보았을 때 받았던 좋은 느낌 덕분에 그는 의심을 눌렀다. '이 순간'이 선물하는 만족스러운 확신으로 알라 킨은 이렇게 물었다.

"그럼 저는 무엇을 어떻게 해야 할까요?"

"생각을 정리해보세요."

인 라케치는 밝고 친근하게 말하며 손으로 거울을 가리켰다. 거울을 바라보았을 때 알라 킨은 무엇인가 아주 특별해 보이는 것을 발견했다. 거울에 나타난 것은 나귀를 타고 달려가는 소년이었다.

4

톰은 화들짝 놀라며 잠에서 깼다. 침대에서 벌떡 일어나 앉은 그는 이게 대체 무슨 일인지 가늠해보았다. 바깥에서는 비바람이 요란한 소리를 냈다. 톰은 지금 자신이 있는 곳이 어디인지 천천히 떠올렸다. 네판테, 곧 근심 없는 곳에 머무르고 있었다. 톰은 노파와 특이한 대화를 나눈 뒤 배정받은 방으로 와서 침대에 누웠던 걸 떠올렸다. 와인 덕분인지 그는 곧바로 잠에 빠졌다.

그건 꿈이었을까? 바깥에서 번갯불이 번쩍하며 방 안을 밝혔다. 톰은 여전히 몽롱하기만 했다. 모든 것을 자세히 기억하기에는 무리가 있었다. 그러다 침대 맞은편에 걸린 거울을 발견하고, 순간 소스라치게 놀랐다. 모든 게 기억이 났다. 실제로 그는 꿈을 꾸었다. 실로 오랜만에 꾼 꿈이었다. 노파가 말한 대로였다. 이 모든 것이 무엇을 뜻하는지 생각에 잠긴 사이 피로가 엄습했고, 톰은 다시 깊은 잠에 빠져들었다.

아침에 깨어났을 때에는 날씨가 화창했다. 새들이 청아하게 지저귀는 소리를 들으며 톰은 자신이 세상에서 가장 평화로운 곳에서 아침을 맞는다고 생각했다. 잠을 푹 잤는지 그 어느 때보다 상쾌한 기분이 들었다.

방에서 나와 커다란 난방용 접시가 달린 거실로 내려가자, 다른 몇몇 손님들이 이미 그곳에 자리를 잡은 채 아침 식사를 하고 있었다. 톰은 어제 자신이 앉았던 탁자로 가서 앉았다. 불은 꺼졌지만, 창문을 통해 들어오는 햇살이 기분 좋은 온기를 선물했다. 거실은 전날 저녁처럼 신비한 분위기는 아니었다. 하지만 평화로운 분위기가 톰을 감쌌다.

'그녀가 옳았어. 이곳에서는 근심이 사라진다더니….'

다시금 음식이 저절로 차려졌다. 톰은 바삭한 베이컨을 넣고 신선한 달걀을 치댄 스크램블과 황금빛 토스트, 그리고 햄과 파프리카와 버섯을 넣어 만든 오믈렛을 보며 식욕이 샘솟았다. 거기다 꿀과 과일을 넣은 와플에 신선한 오렌지주스와 뜨거운 커피까지.

'이걸 다 먹으라고?'

그래도 톰은 다 먹을 수 있을 것 같은 자신의 왕성한 식욕에 기분이 좋아졌다. 식사를 하는 동안 그는 다시 꿈에 대해 생각했다. 참 묘한 꿈이었다. 사실 그게 꿈이었는지 확신이 서지는 않았다. 꿈을 꾸는 게 어떤 느낌인지 벌써 오래전에 잊었기 때문이다.

'살기 위해서는 꿈을 꾸어야만 하는구나.'

문득 이런 생각이 스쳤다.

'꿈속에서 길을 일러준다더니….'

톰은 이런 생각을 하는 자신이 놀라웠다. 지난밤이 준 깨달음일까? 톰은 무어라 답을 할 수 없었다. 적어도 지금 이 순간은 평화로움을 누릴 수 있다는 것만으로 충분했다.

집에 있을 때는 지금과 전혀 달랐다. 그곳에서 톰은 일밖에 몰랐다. 일이 나쁘지는 않았다. 일 덕분에 생활이 안정되었으니까. 정확히 말하자면 일을 두고 깊이 생각해본 적이 없었다. 평소 일은 그가 살던 집과 마찬가지로 그저 생활의 일부였다. 그가 거주하던 도시, 그가 평소 하던 모든 다른 것과 마찬가지로.

그러나 아버지의 죽음 이후 그가 보낸 시간은 더는 평범하지 않았다. 일상에서 평범함이 사라지면서 톰은 일을 비롯한 그 어떤 것에도 의지할 수 없었다. 마치 디디고 있는 발판이 사라진 것처럼 마음 둘 곳이 없었다. 하필이면 기댈 곳이 가장 절박하게 필요한 때에.

그로 인해 모든 것이 무너지기 시작했다. 갑자기 그의 인생을 압도하기 시작한 생각 하나가 모든 것을 속절없이 무너뜨렸다. 아버지가 세상을 떠났을 때 톰은 내면 깊숙한 곳에서 들려오는 소리에 무너졌다.

'인생은 유한하다.'

이 소리는 그의 귓전을 맴돌며 매일 그를 따라다녔다. 그리고 날이 갈수록 더욱더 또렷하게 현실이 무엇인지 일깨워주었다. 톰의 상황은 열악해져만 갔다. 예전에는 아무 소리도 없던 그 무엇이 이제는 채워달라고 간절히 요구했다. 지금껏 아무 생각 없이 해왔던 모든 일들이 이제는 어떤 의미가 있는지 물어왔다. 인생에 활력을 불어넣어줄 무언가가 필요했지만 톰에게 남은 것은 깨진 녹색 에메랄드 조각과 아버지와의 추억뿐이었다. 하지만 깨진 보석이 발휘하던 마법의 힘은 이미 오래전에 사라졌으며, 다시는 돌아오지 않으리라는 확신이 그의 인생을 속절없이 갉아먹었다. 너무도 격심한 헛헛함에 결국 톰은 무작정 도망쳐야만 했다.

이곳, 근심이 없는 네판테에서 톰은 오랜만에 마음의 평화를 느꼈다.

"어때요? 내 말이 맞았나요?"

온화한 미소를 지으며 노파가 다시 나타났다. 옆에 선 노파는 오늘 전혀 다른 사람처럼 보였다. 기묘한 분위기의 산장을 지키는 괴팍하고 무뚝뚝한 마녀 같았던 어제의 첫인상은 완전히 사라지고, 오늘은 마법의 지팡이로 햇살을 불러와 소원을 들어주는 사랑스런 늙은 요정 같았다. 톰은 노파를 다시 볼 수 있어 반가웠으며, 내면에서 우러나오는 깊은 친밀감을 느꼈다. 그는 노파에게 자신의 꿈이 무엇을 뜻하는지 물었다.

"나는 당신의 시름을 덜어줄 수 있을 뿐이에요."

노파는 미소를 지으며 말했다.

"당신의 꿈을 내가 풀이해줄 수는 없단 뜻이죠."

이 말과 함께 노파는 사라졌다. 그때 산장지기가 톰의 탁자로 다가왔다. 톰은 그동안 산장지기를 눈여겨보지 않았다. 전날 저녁 톰에게 방을 배정해주고, 숙박비를 선불로 받기도 했는데…. 탁자로 다가온 산장지기가 그에게 이렇게 말했다.

"여기서 멀지 않은 곳에 해몽가가 한 명 있어요. 꿈풀이를 원한다면 그가 도와줄 수 있을 거예요."

5

톰은 가파른 길을 따라 산길을 계속 올라갔다. 산장에서 멀지 않은 오름길의 초입은 산장지기가 가르쳐주었다.

"꿈풀이하는 노인은 아주 오래전부터 산 위에서 살았어요. 이 산장이 생기기 훨씬 이전부터요."

산장지기는 톰에게 말했다.

"그는 꿈풀이를 원하는 사람들이 이곳으로 찾아오리라는 걸 알았나 봐요. 그래서 네판테가 이곳에 세워지기 훨씬 전부터 저 산속에 살았지요."

톰은 그 사람이 꿈풀이를 해줄 수 있는지를 어떻게 확신하는지 산장지기에게 물었다.

"그가 내 꿈을 풀이해주었으니까요."

산장지기는 이렇게 대답했다.

"그 노인이 없었다면 네판테도 없어요."

톰은 해몽가를 찾아 꽤 오랜 시간 산길을 올랐다. 길은 점점 가팔라졌다. 산길을 오르는 내내 그는 자신의 꿈을 생각했다. 시간이 사라진 사막에서 톰은 베두인족 남자를 만났다. 베두인은 톰에게 삶의 의미를 터득할 방법을 알려주겠다고 약속했다. 그는 톰을 기묘한 이름으로 불렀으며, 존재의 의미를 깨우치기 위해서는 시험을 통과해야 한다고 말했다. 그 시험이 시작되기 전에 톰은 꿈에서 깨어났다.

하지만 기억에 남는 분명한 게 있었다. 톰은 거울을 통해 나귀를 탄 어린 소년을 봤다. 베두인은 그 거울을 가리켜 '생각을 보여주는 거울'이라고 했다.

"생각을 정리해보세요."

톰이 기억하는 베두인의 마지막 말이었다. 톰은 이 모든 게 무엇을 뜻하는지 이해할 수 없었다. 산장지기가 해몽가를 찾아가보라고 했을 때도 속으로 망설였다. 자신이 정말 꿈의 해석을 원하는지도 확실하지 않았다.

산장지기는 톰에게 네판테를 찾아오는 사람들은 두 부류로 나뉜다고 말했다. 한쪽은 산장에서 꿈을 꾸긴 했지만 비교적 짧게 머물다 떠난 부류였다. 이들은 장소가 선물하는 내면의 평화를 즐길 뿐이었다. 꿈을 꾼 것을 좋아하기는 했지만, 그게 무얼 의미하는지 풀이에는 별반 관심을 가지지 않았다. 그들은 이내 네판테를 떠났고, 더불어 꿈도 잊었다. 마치 순식간에 어린아이에서 어른의 삶으로 되돌아간 것처럼.

"어떤 사람들은 다시 근심에 사로잡혔고, 어떤 이들은 그런대로 괜찮았죠. 하지만 모두 시간이 지나면 꿈에 대해서는 깡그리 잊어버렸어요."

산장지기는 이렇게 말했다.

"그들에게 남은 것은 떠올리기만 해도 가슴 한구석이 아련한 꿈, 실현되지 못하고 상처로만 남은 꿈이죠. 한때 꿈을 꾸었는데, 그 꿈을 따라갔어야만 하는데, 이런 미련만 남은 것이죠."

톰이 다른 부류의 사람들은 어땠는지 묻자, 산장지기는 간결하게 대답했다.

"해몽가 노인을 찾아갔죠."

가파른 산길을 힘겹게 오르고 올라 산등성이에 도착하자 해몽가가 거기 서 있었다. 톰은 비록 예전에 그를 한 번도 본 적이 없었지만 곧장 '이 사람이구나.' 하고 알아보았다. 그는 온통 흰색이었다. 톰은 무엇이 자신을 이런 산중으로 이끌었는지 궁금했다.

"꿈 때문이죠."

톰은 앞에 선 지혜로운 노인의 묵직한 음성을 들었다.

"꿈에는 힘이 담겨 있어요. 그래서 언제나 꿈꾸는 사람을 이곳으로 이끌어오지요."

톰은 어째서 그런지 궁금했지만 노인에게 질문할 엄두를 내지 못했다. 그는 노인에게 깊은 경외심을 느꼈다. 아담한 체구의 어머니 같은 산장의 노파가 톰이 디디고 설 든든하고 따뜻한 흙과 같은 존재였다면, 노인은 하늘을 떠받든 사람이 있다면 이런 모습이겠구나 하는 인상을 주었다. 노인은 엄격해서 인생의 길을 가기 위해 합당한 노력을 기울이는 사람에게만 나아갈 방향을 일러줄 것 같았다.

'나를 그런 사람으로 여기진 않을 테지.'

톰은 속으로 이렇게 생각했다. 그러나 생각을 드러내놓고 말하지는 않았다. 노인이 계속 말을 이어갔기 때문이다.

"이 힘은 고삐 풀린 말처럼 발산되기를 원해요. 물론 대다수의 사람들은 어떻게 해야 이 힘을 발휘할 수 있는지 알지 못하죠. 그래서 꿈을 가두어둔 채 살아가는 거예요."

"제 꿈이 저에게 무엇을 말해주고 싶은지 정확히 알 수만 있다면야…."

톰은 자신도 모르게 불쑥 말했다. 노인은 그런 톰을 엄한 눈길로 바라보았다. 한동안 침묵한 끝에 노인이 입을 열었다.

"차차 알게 될 겁니다."

이렇게 말하며 노인은 톰의 외투 호주머니 쪽을 가리켰다. 그 손짓에 놀란 톰은 자신의 호주머니를 더듬으며 흠칫 몸을 떨었다.

'노인이 이걸 어떻게 알았지?'

톰은 무의식적으로 외투 호주머니에 든 작은 상자를 움켜쥐었다. 그는 자동차에서 내린 뒤부터 상자를 계속 호주머니에 넣고 다녔다.

'노인은 그냥 내가 뭔가 지니고 있다고 눈치챈 거야. 호주머니가 불룩하니까 뭔가 들어 있을 거라 넘겨짚은 거지.'

톰은 더럭 의심이 들었다.

'아니면 산장지기와 한 패인가?'

짐작컨대 산장지기는 전날 저녁 톰이 호주머니에 계속 신경쓰는 것을 눈여겨본 것이리라. 호주머니 안에 귀중품이 있다고 생각했겠지? 그래서 톰을 이곳 산중으로 유인해 노인에게 빼앗으라고 한 것이 틀림없다.

'산장지기가 나를 함정에 빠뜨린 게 틀림없어.'

그때 노인이 말했다.

"그 녹색의 돌을 소중히 여기세요. 돌은 당신이 걸어갈 길을 이미 알고 있으니까요. 그 돌이 당신을 이곳으로 데려왔으며,

앞으로도 당신을 이끌 거예요. 자, 이쪽으로 오세요."

　말을 마친 노인은 등을 돌려 노송나무 쪽으로 걸어갔다. 암벽 틈에서 자라난 노송나무는 얼핏 보기에도 나이를 아주 많이 먹은 고목이었다. 톰은 노인의 뒤를 따르면서 머릿속이 복잡했다. 노인은 어떻게 내가 보석을 지니고 있는 것을 알았을까? 톰은 아버지가 임종한 병상 옆에서 상자를 발견한 날을 제외하고 단 한 번도 그것을 열어보지 않았다. "톰에게." 상자에 붙은 쪽지에 아버지의 필적으로 이렇게 적혀 있었다. 아버지는 자신의 마지막을 예감하고 상자에 쪽지를 붙여 그곳에 놓아둔 게 틀림없었다.

　당시 톰은 상자 안에 있는 에메랄드를 본 순간 눈물을 터뜨리고 말았다. 어린 시절의 추억, 아버지와 관련한 모든 추억이 떠올랐기 때문이다. 아버지는 홀로 톰을 키우느라 늘 최선을 다했다. 아버지이자 동시에 어머니 노릇을 혼자 감당해야 했다. 아버지에게는 아무도 없었으니까.

　이미 흘러가버린 오래전의 모든 이야기와 간직하고픈 소중한 추억이 녹색의 에메랄드를 통과한 빛처럼 영롱하게 떠올랐다. 바로 그 순간 톰의 세계는 무너져버렸다. 하트 보석이 든 상자를 손에 쥔 순간, 톰은 자신을 둘러싼 모든 것이 허물어지는 것을 느꼈다. 그때까지 살아온 인생이 쌓아올렸던 외형이

와르르 무너져 내리기 시작했다. 그동안 으레 그러려니 여겨 온 익숙한 무대가 상자를 열었을 때 그 안에서 빠져나온 작은 바람결에 속절없이 무너졌다. 남은 것은 공허함뿐이었다. 어디로 가야 좋을지 방향도 잃었다. 톰은 자신의 인생이 어찌 될지 전혀 가늠하지 못할 정도로 공황 상태에 빠졌다. 이곳을 찾아오기 전까지는.

노인의 말이 옳았다. 톰을 이곳으로 이끈 것은 그의 하트 보석이었다.

'그런데 노인은 어떻게 이 모든 걸 알았을까?'

"저 나무 그늘 안에 앉을까요?"

노인은 이렇게 말하며 노송나무 아래를 가리켰다.

"일단은 숨 좀 고르며 쉬어야 할 거예요."

톰은 무얼 어떻게 해야 좋을지 몰라 노인의 말대로 나무 그늘에 앉았다. 아직 노인에게는 자신의 꿈을 이야기하지 않았다. 그러나 노인은 톰이 하트 보석을 지니고 있다는 걸 아는 것처럼 톰의 꿈도 이미 꿰고 있는 게 아닐까?

"꿈 이야기를 해보세요."

노인이 톰에게 말했다. 톰은 사막에서 만난 베두인 남자를 이야기했다. 예고된 시험과 존재의 의미를 깨닫는 방법에 대해, 생각을 보여주는 거울과 그 거울에서 본 것에 대해서도 말했다. 그리고 베두인이 마지막에 했던 말을 그대로 되뇌었다.

"생각을 정리해보라고 했어요."

톰이 이야기를 다 했지만 노인은 한동안 아무 말도 하지 않고 그를 물끄러미 바라보았다. 바람은 일정한 속도로 쉼 없이 불었다. 노송나무 잎들이 바람에 가볍게 사각거렸다.

"제 꿈을 풀이해주실 수 있나요?"

톰이 물었다. 노인은 그 질문에도 한동안 아무 말도 하지 않았다.

이윽고 그가 입을 열었다.

"아주 어려운 꿈이로군요. 꿈은 대개 간단해요. 그 자체로 완결되어 명확한 메시지를 전달해줄 정도죠. 그러나 당신의 꿈은 끝을 맺지 못했군요. 당신의 꿈은 알아야 할 모든 것을 밝혀주지도 않았어요. 이런 미완성의 꿈은 아주 드물죠."

톰은 노인이 한 말의 뜻을 새겨보았다.

"그럼 저를 도와주실 수 없나요?"

톰은 불안함을 감추지 못하고 물었다. 기대가 컸는데 이제 어찌해야 할까. 그는 낙심했다. 내 꿈이 그토록 복잡한가. 그럼 이제 어떻게 존재의 의미를 찾아내야 하는 걸까.

"먼저 꿈풀이의 대가를 얼마나 줄지부터 이야기해보세요."

노인이 진지하게 말했다. 톰은 꿈풀이 대가를 아직 말하지 않았다는 점을 떠올렸다. 하지만 하필 지금 시점에서 대가를 들먹이다니! 톰은 다시 노인이 못미더워졌다. 내 보석을 원하는 게 틀림없어. 어떻게 보석이 있는지 알았는지는 모르겠지만 노인은 그게 가치가 높다고 본 듯했다. 어쩌면 아버지가 늘 주장했던 것처럼 하트 보석이 귀중한 골동품이라도 되는 걸까.

"무얼 원하나요?"

톰이 노인에게 물었다. 그는 신중하게 노인을 탐색했다. 그러나 노인은 아무 말도 하지 않고 미소만 지었다.

"아직 모르겠군요. 하지만 당신의 꿈이 모두 이루어진다면 그때 말해주죠. 단, 내가 어떤 대가를 요구하든 간에 그것을 준다고 맹세해주세요."

톰은 한순간 망설였다.

"만약 내가 더는 꿈을 꾸지 않는다면 어떡하죠?"

톰이 물었다.

"그럼 나는 아무런 대가를 받지 않을 거고, 당신의 방황도 끝없이 이어지겠지요."

노인은 이렇게 간단히 정리했다.

'흥, 자신의 꾀에 스스로 넘어간 셈이군.'

톰은 이렇게 생각했다.

'이 사람이 원하는 게 무엇이든, 내가 더는 꿈을 꾸지 않는다면 나는 아무것도 줄 필요가 없지. 내가 다시 꿈을 꾼다고 해도 굳이 이 사람을 다시 찾아와 그 이야기를 하지 않으면 되잖아. 내가 잃을 게 뭐야?'

지혜로운 노인은 그런 톰의 생각을 모두 읽었다.

'여전히 자신의 옛 세계에서 품었던 불신으로부터 빠져나오지 못하고 있군.'

노인은 톰의 표정을 보며 속으로 이렇게 생각했다.

'어려운 여행을 하게 될 거야. 죽음과 함께 시작하는 여행은 항상 이렇지. 죽음은 삶을 되돌아보게 만들고 길을 떠나게 해. 그리고 함께 동행하며 많은 깨우침을 주고, 언젠가 다시 나타나 깨달음을 준 대가를 요구하지.'

하지만 노인은 자신의 속내를 톰에게 말하지 않았다.

'이 여행에서 무슨 일이 일어나게 될지 속속들이 알지 않는 편이 더 나을지도. 모두 다 안다면 여행을 떠나지 않을 테니까. 아무리 이 여행이 우리를 목적지로 이끌지라도 말이야.'

노인은 이렇게 생각했다.

"동의합니다."

톰이 노인에게 말했다.

"그럼 이제 내 꿈이 무엇을 뜻하는지 말해주세요."

"먼저 맹세부터 하세요."

노인이 요구했다. 톰은 아버지를 생각하면 썩 내키지 않았지만 어찌 됐든 맹세했다.

노인은 잠시 침묵한 채로 노송나무에서 눈길을 떼지 않았다. 바람이 약간 줄어들어 사각거림은 귓속말을 하듯 속삭이는 소리로 바뀌었다. 거의 들리지 않았지만 지혜로운 노인은 그만큼 더 분명하게 바람이 전해주는 메시지를 가려들었다.

노인은 미소를 지었다. 톰이 자신의 꿈 이야기를 하느라 썼던 단어들이 바람결에 실려 왔다. 단어들을 품고 있던 바람이 노인의 귀에 대고 속삭였다. 바람 소리는 계속해서 잦아들었으며, 이내 몇 개의 단어만 남겨놓았다. 바람이 멈추기 전에 노인은 하나의 문장으로 압축된 차분한 소리를 들었다. 단어들의 마지막 조합은 첩첩산중에서 울리는 메아리처럼 노인의 머릿속에 긴 여운을 남겼다.

"이제 당신의 꿈이 당신에게 무슨 이야기를 해주고 싶어 하는지 알겠어요."

마침내 노인이 말했다. 톰은 기대에 찬 눈길로 노인을 바라보았다.

"무엇보다도 경고의 의미를 담고 있군요."

노인은 톰의 두 눈을 깊숙이 들여다보았다.

"우선 당신의 꿈은 오랜 여행의 시작을 알려주고 있어요. 이제 내가 당신에게 무슨 이야기를 해주든 이 여행은 당신 인생 행로의 첫걸음이라는 점을 유념하길 바랍니다."

톰은 고개를 끄덕였다.

"무엇보다도 다른 사람의 꿈을 쫓아가서는 안 됩니다."

톰은 이 말을 정확히 이해할 수 없었다. 자신의 꿈도 잘 모르는 마당에 남의 꿈을 어찌 알겠는가.

"끝까지 꾸지 못한 미완성의 꿈은 조바심에 휩쓸리는 경우가 많아요."

노인은 계속 말을 이어나갔다.

"의식하지 못하는 가운데 잘못된 꿈을 따라가는 일은 순식간에 벌어질 수 있어요. 다른 사람의 꿈을 자신의 것이라 착각하는 거죠. 그게 다른 사람의 꿈이라는 걸 알아채지 못하고 엉뚱한 인생을 살게 되는 겁니다. 타인의 꿈은 당신 자신의 인생 행로로부터 당신을 멀리 떼어놓을 뿐입니다."

노인은 잠깐 숨을 골랐다. 그는 자신이 해주는 경고를 톰이 충분히 새길 수 있도록 기다려주고 싶었다.

"꿈은 흐릿해서 혼란을 야기하기 쉬워요. 올바르게 해석되지 못한 꿈은 오히려 당신을 곤경에 빠뜨릴 거예요."

톰은 대충 고개를 끄덕였다. 이제 그는 노인이 경고를 거듭 강조하는 이유를 명확히 알 것 같았다. 자신의 꿈풀이를 톰이 무조건 따르도록 은근슬쩍 부추기는 게 틀림없었다. 뭔가 신비한 분위기를 꾸미려 안간힘을 쓰지만, 사실 꿈은 훨씬 더 간단히 해석할 수 있는 게 아닐까.

"대체 내 꿈의 메시지가 뭐란 말입니까?"

톰은 더는 기다리기 어렵다는 투로 물었다. 노인은 대답을 하기 전에 약간 뜸을 들였다.

"생각을 정리해보세요."

마침내 노인이 말했다.

"이것이 당신의 꿈이 당신에게 보내는 메시지예요."

톰은 이게 무슨 말인가 싶어 눈을 동그랗게 떴다.

"대체 무슨 생각을 어떻게 정리하라는 거죠?"

톰은 당혹스런 표정으로 물었다.

"그거야 나는 모르죠. 그건 당신이 직접 알아내야 해요."

노인은 짧게 대답했다.

"이제 가서 당신의 꿈이 말해주는 걸 실천하세요."

톰은 실망감을 감출 수 없었다. 슬그머니 화가 나기조차 했다. 이런 것이 꿈풀이라고? 톰은 어처구니가 없었지만, 어쨌거나 대가를 치르지 않아도 된다고 생각하며 흥분을 가라앉혔다.

"그런 풀이는 나도 할 수 있어요."

톰은 노인을 흘겨보았다.

"그건 아니지요. 당신은 해몽가가 아니잖아요. 당신이 어디에 있든지 꿈을 꾸게 된다면 내가 필요할 거예요."

노인이 대답했다. 이 말과 함께 그는 허리를 펴고 일어나더니 자신이 나타났던 산등성이 쪽으로 걸어갔다. 그는 이만하면 젊은이와 충분한 시간을 보냈다고 여겼다. 어쩌면 이 젊은이를 다시 보지 못할 수도 있으리라. 대다수의 사람들은 꿈을 꾸고 나서 며칠만 지나도 관심이 시들해진 나머지 꿈을 묻어버리기 때문이다. 인생이 가장 깊은 내면으로부터 전해주는 메시지가 꿈이라는 것을 알면서도.

"이 젊은이는 이미 자신이 알아야만 하는 모든 것을 알아. 이미 에메랄드를 가지고 있잖아. 이로써 아니마문디 Anima mundi °에 다가갈 수도 있을 테지."

노인은 혼잣말을 하며 청년이 지니고 다니는 녹색의 에메랄드를 생각했다.

산을 내려온 톰은 자동차에 올라타면서 자신의 예전 인생이 어땠는지 새삼 깨달았다.

'그 모든 공허함에도 나는 그냥 살던 대로 계속 살았어.'

○ 현자의 돌. 모든 생명이 우주와 연결되어 있다고 보는 서양 전통사상의 상징. 고대 그리스 자연철학으로부터 비롯되어 플라톤이 체계적으로 다듬은 사상이다. ─ 옮긴이

톰은 이렇게 생각했다.

'하지만 이곳에 도착했을 때는 어땠지? 이미 나는 지금까지의 공허한 생활은 아무 소용 없음을 깨달았어.'

산장지기는 톰에게 가까운 주유소가 어디인지 일러주었지만 해몽가에 관해서는 아무것도 묻지 않았다. 대다수의 사람들이 노인에게 들은 말을 꺼내기를 껄끄러워한다는 것을 의식한 건가. 톰은 얼마든지 그럴 수 있겠다고 수긍했다.

다시 대로로 접어들었을 때 톰은 예전에 살던 집 생각이 났다. 그냥 편안했던 예전 세상으로 돌아가고 싶은 마음이 굴뚝같았다. 예전 세상은 더는 존재하지 않는다는 것을 이미 마음 깊숙이 새겼음에도. 지금 다시 조수석에 놓인 작은 상자가 톰에게 옛 집을 떠올리게 만들었다.

6

국도를 달리며 톰의 생각은 꼬리에 꼬리를 물었다. 이 얼마 안 되는 짧은 시간 동안 겪은 체험이 그를 놓아주지 않았다. 톰은 여전히 해몽가 노인에게 화가 나기는 했지만, 이내 노인의 말이 근본적으로 틀린 게 없음을 깨달았다. 꿈의 메시지는 간명했다. 그런 간명한 메시지를 읽지 못한 자신에게 문제가 있는 게 아닐까?

'생각을 정리해보세요.'

인생을 살면서 그 소중함을 잊어버리는 것은 대개 소소하고 단순한 것들이다. 꿈의 경고에 귀 기울이지 않는 것도 그 때문이 아닐까. 톰은 상념에 잠겨 있다가 이런 생각을 하고 있는 자신에 놀랐다.

'생각을 정리해보세요.'

이것이 꿈의 메시지였고, 이 메시지는 전적으로 옳았다.

새로운 통찰 덕분에 톰은 기분이 한결 나아졌다. 그는 사물을 이미 다른 관점으로 바라보기 시작했다.

'네판테에 정말로 어떤 신비한 기운이 있는 게 아닐까?'

지금껏 살아온 인생과 거리를 두기 위해 정처 없이 여행을 떠났고, 안달루시아를 찾았을 때만 해도 이런 생각은 전혀 하지 못했다. 그러나 그의 발길이 하필 이 지역을 찾도록 어떤 특별한 힘이 작용한 게 아닐까? 톰은 어렸을 때 아버지와 함께 이곳을 자주 여행했던 기억을 떠올렸다. 그에게 안달루시아는 많은 추억이 서린 곳이다. 이 추억은 아버지를 향한 그리움이기도 했다.

'이 기회에 안달루시아를 조금 더 둘러볼까?'

톰은 조수석에 놓인 상자를 바라보았다. 마치 아버지의 얼굴을 보듯. 이번에는 톰의 얼굴에 미소가 피어났다.

"어디로 달릴까요?"

톰은 큰 소리로 이렇게 물었다. 아버지와 대화를 나누는 듯한 자신의 모습에 절로 웃음이 나왔다.

석 달 동안 톰은 안달루시아에 머무르며 이곳저곳을 돌아다녔다. 그 가운데 몇 곳은 어린 시절에도 방문해서 잘 아는 곳이었고, 다른 몇 곳은 처음 가본 곳이었다. 하지만 어디를 가든 신비롭고 아름다웠다. 살던 집으로 돌아가지 않겠다고 결심하고부터 톰은 한결 밝아졌다.

그는 계속해서 생각을 정리하려 노력했지만, 아직 새로운 깨달음을 얻지는 못했다.

'조바심 낸다고 될 일이 아니야.'

그는 이렇게 다짐하곤 했다. 그리고 아버지가 해주었던 말을 떠올렸다.

'인내심이 장미를 꽃피우지.'

그곳을 발견했을 때는 안달루시아에서의 막바지쯤이었다. '핑카Finca'는 녹음이 우거진 계곡 중턱의 작은 언덕 위에 위치한 외딴집이었다. 이미 오래전부터 아무도 살지 않는 곳처럼 보였다. 그럼에도 언덕 위에 자리 잡은 작은 집 한 채는 사람들의 시선을 잡아끄는 매력을 충분히 발산했다. 자갈이 깔린 비포장도로가 끝나는 지점에 조그만 공터가 있었고, 그곳에서부터 집으로 오르는 좁은 길은 걸어서 올라가야 했다. 그 집의 아담한 테라스에 앉으면 주변 지역이 한눈에 들어올 정도로 전망이 좋았다.

톰은 테라스에 앉아 지난 몇 주 동안 다닌 모든 곳을 한눈에 굽어보았다. 원래는 안달루시아를 슬슬 떠야겠다는 생각과 함께 마지막으로 핑카를 찾아왔다. 핑카가 그의 여행의 새로운 출발점이 되리라는 사실은 그때만 해도 짐작조차 못 했다.

자동차를 타고 가다가 저 멀리 언덕 위에 있는 집을 보며 톰은 이곳을 떠나는 작별 인사를 하기에 적당한 곳이라고 생각했다. 그곳에서 마지막 인사를 아름다운 안달루시아 구석구석으로 보내고, 안달루시아의 풍광을 가슴에 담아 집으로 가져가고 싶었다. 그는 자신의 작은 보석에게 그렇게 해도 좋은지 물어보며 잠깐 망설였다.

하지만 이내 마음을 정하고 핑카로 향하는 도로로 접어들었다. 외부인은 허가 없이 출입을 금지한다는 글이 적힌 입간판이 눈에 띄었다. 톰은 어찌하면 좋을지 몰라 한동안 망연히 서 있었다. 핑카는 자신이 있는 곳에서 족히 1~2킬로미터 떨어져 있었다. 핑카를 중심으로 한 사유지가 엄청 넓은 듯했다. 그러나 부지 전체는 한적하다 못해 쓸쓸해 보이기까지 했다. 다른 집들도 몇 킬로미터씩 멀리 떨어져 있었다. 도로를 달리며 톰이 다른 집을 마지막으로 본 게 30분 전이었다.

몰래 들어선다고 한들 톰을 주목할 사람은 아무도 없을 터였다. 그래도 지금껏 살며 금지된 일은 해본 적이 없었던지라 톰은 경고를 무릅쓰고 무단으로 들어갈 것인지 잠시 망설였다. 돌연 그는 해몽가 노인을 만나고 나서 안달루시아를 더 둘

러보기로 결정한 이래 처음으로 다시 어떤 결정을 내려야만
할 때가 다가왔음을 직감했다. 지난 몇 달 동안 그는 그냥 떠
돌기만 했다. 결정을 내리거나 어떤 중대한 결심을 할 일은 없
었다. 그러나 입간판 앞에 서서 톰은 지금이야말로 결심할 때
가 됐다는 강한 느낌을 받았다. 이게 어떤 조짐일까? 조금 전
까지만 하더라도 핑카에서 마지막으로 전망을 즐겨보자고 가
볍게 생각했다. 그런데 지금은 진지하게 고민해야만 하는 가
장 중요한 사안이 되었다.

'저 위에서 내려다보면 어떤 특별한 장소를 찾아낼 수 있지 않
을까? 처음 여행을 시작했을 때 네판테를 발견했던 것처럼? 인
생에 중요한 어떤 것을 얻어갈 수 있을까? 네판테에서는 모든 근
심을 떨치는 태도의 중요함을 배웠지. 이곳에서는 무엇을 얻을
수 있을까?'

톰은 지난 석 달 동안 이곳을 떠돈 자신의 모습을 떠올렸다.
집을 떠날 때 황망하기만 했던 방향감각의 상실은 이제 자유
로 변화했다. 아무런 계획과 목적 없이 안달루시아를 두루 여
행할 자유로.

네판테와 꿈, 그리고 꿈이 전해준 메시지는 사물을 보는 톰
의 관점을 완전히 바꿔놓았다. 톰은 이제 어린아이와 같은 순
수함으로 세상을 바라보았다. 그의 시선은 오로지 지금 이 순

간에 집중했으며, 매일 아침 듣는 새들의 노랫소리와 속삭이듯 불어오는 바람 소리가 배경음악을 이루는 자연의 아름다움에 심취했다.

그의 눈은 영원을 바라보았다. 지금 이 순간에 집중하는 시선에는 과거와 미래가 없다. 현재에 충실한 자세로 톰은 지난 몇 주 동안 체험한 모든 것을 지금 이 순간 다시 만끽하고 싶었다. 그에 안성맞춤인 장소가 바로 계곡 중턱 언덕 위에 자리 잡은 핑카, 오랜 세월의 풍파를 견디고 선 그 집이라고 톰은 직감했다.

이런 생각에 빠져 어떤 결정을 내려야 할지 고민할 때였다. 한 쌍의 나비가 입간판 주위를 맴돌더니 이내 언덕 위의 핑카를 향해 날아갔다.

'나비는 행운을 가져다주지.'

아버지가 늘 하던 말이었다. 어떤 오래된 책에서 읽었다며 아버지는 기회가 있을 때마다 톰에게 이 말을 하곤 했다. 톰은 조수석의 작은 상자를 한번 바라보고는 시동을 걸고 나비들의 뒤를 따라갔다.

전망은 장엄할 정도로 아름다웠다. 톰은 그렇게 아름다우리라고는 미처 생각하지 못했다. 집 주위를 찬찬히 둘러보니, 한때 말을 키웠음직한 마구간이 눈에 먼저 들어왔다. 핑카로 이르는 길 한복판에는 낡은 트랙터가 녹이 슨 채 우두커니 서 있었다. 풀밭을 가로지르는 그 길이 핑카로 이어졌다. 그럼에도 톰은 그 길 대신 모래가 깔린 작은 샛길을 택했다. 샛길은 예전에 돌계단이었으리라. 던져진 주사위처럼 몇 개 남은 마름돌이 그 흔적으로 보였다.

톰은 그 길을 따라 걸으며 상쾌한 기분을 느꼈다. 길은 핑카 아래쪽 작은 터에 있는 분수대로 이어졌다. 물론 분수대는 물이 빠져 텅 비어 있었다. 분수대 뒤에는 수영장이 있었다. 그런데 수영장 안에 자갈이 빼곡했다. 집주인이 수영장을 쓰지 않으려고 자갈로 채워놓은 듯했다. 집 전체를 이처럼 꾸미려면 평생 일을 해도 모자랄 것이다.

톰은 어린 시절 몇 시간이고 물건을 만들거나 고치고 심지어 발명하는 데 푹 빠졌던 기억을 떠올렸다.

'벌써 오래전이구나. 하지만 그런 일은 언제나 모험을 즐기는 것처럼 짜릿했어.'

톰은 미소를 지으며 가슴 한구석이 아릿해지는 걸 느꼈다. 자신도 모르는 사이에 하마터면 손을 잃을 뻔했던 날의 기억이 떠올랐다. 그 당시 톰은 잔디깎이를 고치고 있었다. 그 잔디깎이는 아버지가 몇 번이나 수리하려다가 실패한 것이었다. 잔디깎이는 집 뒤의 허름한 창고에서 녹슬고만 있었다. 연료

탱크 안에 약간의 휘발유는 남아 있었다. 톰은 몇 시간 동안 잔디깎이의 날카로운 회전날 앞에 앉아 손을 깊숙이 넣어 수리하느라 진땀을 흘렸다. 톱니바퀴 사이에 뭔가 끼어 날이 돌아가지 않았기 때문이다. 도구를 찾느라 잠깐 한눈판 사이에 모터에 갑자기 시동이 걸렸다. 재빨리 손을 빼냈기에 다행히 화는 면했다.

톰은 아버지에게 자신이 고친 잔디깎이를 자랑하면서 사고가 날 뻔한 이야기는 단 한마디도 하지 않았다. 세월이 흐르면서 이 사건은 까맣게 잊었다. 그만큼 톰은 뭔가 고치거나 만드는 일을 무척 좋아했다. 어린 시절 이런 열정은 시간 가는 줄 모르는 즐거움을 선사하곤 했다.

마침내 테라스 위에 섰을 때 톰은 꿈이 자신을 어디로 데려가려는지 알아차렸다. 집 현관에 붙은 작은 쪽지에는 이런 문구가 쓰여 있었다.

'핑카를 팝니다.'

7

해몽가 노인은 오랫동안 장작불 앞에 앉아서 불꽃을 바라보
고 있었다. 사냥한 토끼는 거의 구워진 상태였다. 고기에서 흘
러내리는 기름방울이 쉭쉭 소리를 내며 하얗게 타올랐다.

'생각은 우리를 혼란에 빠뜨릴 수 있지.'

기름방울이 녹아내리면서 내는 소리는 노인에게 이렇게 이
야기하는 것만 같았다. 노인의 얼굴에 근심이 어렸다. 그는 자
신이 이후에도 젊은이를 돕게 되리라는 것을 알았다. 그래서
꿈풀이의 대가를 나중에 받기로 한 것이다. 노인은 일단 젊은
이가 자신의 길을 스스로 헤쳐 나가길 바랐다. 그는 에메랄드
를 지녔으니까. 그러나 불꽃이 들려주는 이야기는 그의 희망
을 무색하게 만들었다.

'돌아가고 둘러가는 에움길이 없는 길은 길이 아니다.'

때마침 이 글귀가 떠올랐다. 노인은 이 글귀를 왜 잊고 있었는지 놀랐다. 그동안 숱한 경험으로 이 말이 옳다는 것을 알았으면서! 노인은 청년의 꿈에 나타난 몇몇 징후가 무슨 의미인지 자세히 설명해주는 것을 미뤘다. 청년의 인생을 안내해줄 징후였는데 왜 그 즉시 설명해주지 않았을까. 길을 잃고 헤매는 청년을 도와주었어야 마땅한데…. 또 그때그때 나타나는 징후를 정확히 이해하기까지는 대부분 시간이 걸린다는 점도 청년에게 일깨워주었어야 했다. 특히 경험이 부족하고 징후를 읽는 법을 배우지 못한 젊은이에게는 이를 가려 읽도록 조언했어야 했다. 그가 가는 모든 길이 새로울 텐데….

네판테를 발견한 것은 이제 막 출발선상에 선 젊은이가 누릴 수 있는 행운이었다. 인생은 언제나 과감하게 길을 떠나는 사람에게 이런 행운을 베푼다. 초심자에게는 이런 행운이 절실하게 필요하다. 그뿐인가? 청년은 신비의 힘을 발휘하는 에메랄드를 지니기도 했다. 그러나 '타불라 스마라그디나'는 자신의 심장이 무얼 원하는지 잘 아는 사람, 심장의 목소리에 귀를 기울일 줄 아는 사람에게만 도움을 베푼다. 그러나 청년은 오랫동안 자신의 심장에 귀를 기울이지 않았다. 어쨌거나 어른이 되고부터는 심장의 소리를 외면했다.

'묘한 일이지.'

노인은 생각했다.

'그처럼 강력한 힘을 가진 보석을 길동무로 가졌다 할지라도 모두가 혜택을 누리는 건 아냐. 그 신비한 마법, 곧 우주의 힘을 해석하는 법을 배우려고 노력하는 사람만이 혜택을 누리지.'

노인은 청년에게 다른 사람의 꿈을 자신만의 것인 양 좇는 일도 없어야 한다고 경고했다. 사람은 누구나 자신만의 고유한 꿈을 가지게 마련이다. 산장지기가 자신의 꿈을 톰에게 이야기해줬다는 사실을 알았더라면, 노인은 틀림없이 톰에게 더 경고를 했으리라. 근심 없는 보금자리를 꾸미고자 하는 산장지기의 꿈은 청년의 꿈이 아니다. 네판테는 산장지기에게 맞춤한 곳이다. 그건 산장지기의 꿈이니까. 하지만 청년은 자신의 길을 가야지, 어느 한곳에 정착해서는 안 된다. 안주하는 것은 그의 꿈이 아니다.

'장소를 바꾼다 한들 달라질 것은 없다.'

노인은 청년의 꿈에서 이런 메시지를 분명하게 읽었다.

'그런데 왜 청년은 길을 떠나려 하지 않을까?'

'돌아가고 둘러가는 에움길이 없는 길은 길이 아니다.'

이글거리며 타오르는 불꽃은 이렇게 속삭였다. 노인은 불꽃이 해주는 이야기에 담긴 심오한 지혜를 가려 읽었다. 식사를 마친 뒤에는 서둘러 자리에서 일어나 장작불을 피웠던 곳을 떠났다. 불꽃은 그동안 잦아들었고 하얀 재를 남기며 작별을 고했다. 노인에게는 시간이 많지 않았다. 그의 급한 마음은 에움길을 허락하지 않았다.

8

    핑카를 발견하고서부터 톰은 예전의 인생과 작별하기로 했다. 이미 스페인에서 그는 핑카를 구입하기로 결정하고 집주인을 만나 계약서에 서명을 했다. 계약을 서두른 이유는 자신의 꿈을 본격적으로 실천하려는 다짐의 의미였다. 예전 집에 돌아갔다가 괜히 결심이 흔들리지 않을까 두려워한 탓이기도 했다. 일상을 유지하려다 꿈이 퇴색하는 경우는 절대 피하고 싶었다. 톰은 산장지기가 말해준 네판테를 찾았던 사람들의 사례를 선명히 기억했다.

    '시간이 지나면 모두 꿈을 잊어요. 그들에게 남은 것은 떠올리기만 해도 가슴 한구석이 아련한 꿈, 실현되지 못하고 상처로만 남은 꿈이죠. 한때는 꿈을 꾸었는데, 그 꿈을 따라갔어야만 하는

데, 이런 미련만 남은 것이죠.'

톰은 그런 사람들처럼 되고 싶지는 않았다.

그는 필요한 최소한의 일들을 해결하고자 아주 잠깐 예전에 살던 집으로 돌아갔다. 밖을 떠돌다 돌아가니 뜻하지 않게 객관적으로 예전 생활을 바라볼 수 있었다. 예전 생활은 톱니바퀴로 돌아가는 기계처럼 느껴졌다. 자신은 그 안에 사로잡혀 빠져나오지 못하는 포로와 같았다. 주변 사람들 역시 매일 틀에 박힌 일상을 소화하느라 허덕이고 있었다.

"우리는 그저 기계의 톱니바퀴였어."

톰은 이렇게 중얼거렸다. 기계가 제대로 작동하려면 톱니바퀴는 한시도 쉬지 않고 돌아가야만 한다. 톱니바퀴가 다른 목적을 가지지 않은 것처럼, 많은 사람들이 존재의 의미 따위엔 관심 두지 않고 그저 부품으로만 기능했다. 톰은 어쩌면 그렇게 아무 생각 없이 틀에 박힌 일상에 매몰될 수밖에 없는지 새삼 의아하기만 했다. 물론 자신도 한때는 그렇게 살기는 했다. 하지만 이제 다시는 그런 생활로 돌아갈 수 없다고 다짐했다. 아버지의 죽음은 톰에게 인생의 유한함을 고통스럽게 일깨워 주었고, 톰은 어떤 인생이든 언젠가는 끝날 수밖에 없음을 깨달았다. 기계 부품의 수명 역시 유한하다.

'부품은 바꿔 끼어줄 때까지만 작동하는 것이지.'

가까운 친구들, 몇 명 되지 않는 친한 친구들은 톰에게 왜 그런 결정을 갑작스럽게 했는지 이유를 물어보곤 했다. 톰은 그저 기계 부품으로 살아가는 그들의 눈을 보면서 심드렁함을 읽어냈다. 그들은 꿈이 뭔지, 왜 꿈을 따라가야 하는지 이해할 수 없다는 반응을 보였다.

'이미 오래전부터 꿈을 꾸지 않은 게 분명해.'

이렇게 생각한 톰은 그들의 입에 발린 걱정을 깨끗이 무시했다.

아버지의 재산을 관리하는 변호사는 톰에게 좀 더 충분한 시간을 가지고 앞으로의 행보를 결정하는 게 좋다고 진지하게 조언했다. 최소한 모든 문제가 깔끔하게 정리되기까지는 다시 생각해보라고 했다. 그는 핑카의 구매를 너무 성급하고 위험하다고 판단했다. 무엇보다도 새로운 인생을 시작하려면 톰의 전 재산을 팔아야 했고 얼마간 빚까지 져야 했기 때문이다.

하지만 톰은 이미 오랫동안 자신의 인생을 기계 부품으로 소모해왔다는 사실이 견딜 수 없었다. 어쨌거나 그 자신은 그렇게 느꼈다. 네판테의 사람들처럼 꿈 같은 건 깡그리 잊고 그저 근심 없이 살아가는 나날에 만족하는 것도 두려웠다. 일상이 주인을 소유하는 일아 벌어져서는 안 된다. 일상에 장악당한 나머지 다시금 쳇바퀴 도는 인생을 살아간다면, 어린아이처럼 좋아하는 일에 몰두하고자 하는 지금의 갈망도 이내 희미한 추억이 될 뿐이다. 갈망과 마찬가지로 꿈도 잊히고 말겠지. 그렇게 되면 핑카를 온전히 혼자 힘으로 보수하면서 살고자 하는 톰의 갈망도 서서히 사그라들다 종래에는 까맣게 잊혀지고 말 것이다.

저 먼 안달루시아에서 운명이 자신에게 베풀어준 선물을 받아들이고 싶다면, 톰은 집으로 돌아오지 말았어야 했다. 실제로 지난 몇 달 동안 톰은 몇 번이고 이 고민을 했다.

"자산을 급하게 파는 것은 언제나 위험과 맞물립니다."

변호사는 톰에게 이렇게 충고했다. 그러나 톰이 보기에 그런 문제는 변호사가 해결해주어야 할 일이었다. 보수를 주고 변호사를 고용하는 이유가 달리 있겠는가. 변호사는 인생에서 늘 위험을 생각한다.

반면 톰은 기회라고 생각했다. 그리고 마침내 계약으로 그는 핑카와 자신을 돌이킬 수 없게 단단히 묶었다. 톰은 자신의 기회를 활용했다. 핑카의 값을 치를 수 있도록 변호사는 톰의 자산을 매각해주었다.

이렇게 해서 톰은 며칠 뒤 다시 핑카의 테라스에 앉아 안달루시아의 지는 해를 바라볼 수 있게 되었다. 그는 오로지 자신의 꿈만 생각했다. 네판테에서 밤을 보낸 지도 벌써 석 달이 흘렀다. 꿈이 이처럼 모든 것을 이루어놓다니! 막연하기만 했던 생각이 현실이 되었다. 이제 인생의 의미를 찾으려면 얼마나 더 먼 길을 걸어야 할까? 톰은 자신이 올바른 첫걸음을 떼었다고 확신했다.

'첫걸음이 항상 가장 어려운 법이지.'

톰은 이렇게 생각했다. 그러나 꿈속에서 보았던 베두인 남자는 자신의 존재 목적이 완전히 드러나려면 더 많은 시험을 치러야 한다고 말했다. 결국 톰은 이제 고작 첫걸음을 떼었을 뿐이다.

톰은 해몽가 노인을 떠올렸다. 그와 만난 지도 꽤 오랜 시간이 흘렀다.

'첫 번째 꿈을 꾸었던 그때처럼 노인을 쉽게 찾아낼 수 있을까? 어쩌면 그가 나를 찾아오지 않을까? 자신이 어디 있든 꿈이 끌어당긴다고 노인이 말했잖아.'

이런 생각을 하다가 톰은 노인에게 꿈풀이 대가를 주어야 한다는 점을 떠올렸다. 대가를 챙기기 위해서라도 노인은 톰을 찾아오리라. 노인이 무얼 요구할까? 그 순간 노인이 여전히 녹색 에메랄드를 요구할지 모른다는 생각이 스쳤다.

톰은 항상 지니고 다니는 상자를 더듬으며 그대로 있는지 확인했다. 아버지가 돌아가시고 나서 열어보고, 이후로는 한 번도 열어보지 않았다. 그러나 지금은 에메랄드를 한번 보고 싶다는 생각이 간절했다. 상자의 무게는 여전했지만 톰은 일순간 그 안에 보석이 없는 게 아닌지 걱정이 되었다. 자신이 부주의한 틈을 타서 누군가 바꿔치기한 것은 아닐까.

톰은 상자를 열어봤다. 그리고 여전히 자신의 자리를 지키고 있는 에메랄드를 보며 안도의 한숨을 내쉬었다. 톰은 상자를 발견한 뒤부터 보석을 꺼내 손에 쥐어본 적도 없었다. 어쩌면 지금이야말로 보석을 직접 만져보기 안성맞춤인 순간이 아닐까. 이곳 핑카에서 맞이하는 첫 저녁, 자신의 예전 인생으로부터 빠져나오는 중요한 행보를 이룬 순간에 말이다.

에메랄드를 막 손에 쥔 찰나, 따끔한 아픔을 느꼈다. 놀란 톰은 에메랄드를 내려놓았다. 손가락에서 피가 났다. 에메랄드의 모서리가 얼마나 날카로운지 깜빡 잊고 있었다. 날카롭기가 깨진 유리조각 같다고 아버지가 누누이 말했는데….

톰은 손가락 상처를 싸맸다. 상처는 짐작한 것보다 깊었다. 몇 방울의 피가 테라스 바닥에 떨어졌다. 미신을 믿는 것은 아니었지만, 그는 핑카에서 새로운 인생을 출발하는 이 저녁에 더 나은 징후를 기대했다. 자기도 모르게 톰은 주변을 돌아보며 나비를 찾았다. 이상하게 한 마리도 보이지 않았다.

'묘하군. 다른 때는 풀밭에 나비가 항상 날아다녔는데…. 늦은

저녁 시간이라 그런가?'

톰은 에메랄드를 상자에 도로 넣었다. 그런 뒤 자리에서 일어나 침실로 들어갔다.

스페인으로 돌아오고 나서 톰은 그동안 거의 잊고 있었던 무언가를 느꼈다. 그에게 근심이 생기기 시작했다. 처음에는 아주 가볍고 거의 감지할 수 없는 느낌이었다. 그러던 것이 갈수록 덩치를 키웠다. 그게 뭔지 생각하던 끝에 톰은 우쭐우쭐 커가는 것이 근심임을 알아챘다. 갑자기 불거진 근심은 불편하기 짝이 없었다. 네판테에서 밤을 보낸 이래 그에겐 근심이라곤 없었다. 그런데 지금 마음속에서 퍼져가며 불편하게 만드는 근심 때문에 침대에 누운 그는 고민에 빠졌다.

'혹시 너무 성급하게 인생 행로를 바꾸었나? 무엇이 이런 행보를 하도록 부추겼을까? 노인의 꿈풀이에만 의존해 지나치게 성급한 결정을 내렸나?'

톰은 화들짝 놀라 일어나 앉았다. 이런 미신 같은 이야기는 예전 같으면 말도 안 된다며 비웃어 넘기던 그였다. 주변 사람들 역시 마찬가지 반응을 보였다. 그들은 예전 생활을 홀홀 털어버리고 새 인생을 살기로 했다는 톰의 말에 고개를 절레절레 저었다. 예전의 인생이 형편없는 인생은 아니었다. 규칙적으로 짜인 일상은 걱정할 게 없는 든든함을 안겨주었다. 톰은 고민할 필요가 전혀 없었다. 아버지의 유산으로 어디에도 얽매이지 않는 자유롭고 독립적인 삶을 살 수도 있었다. 그 모든 것을 톰은 거의 사람이 살 수 없을 만큼 다 허물어져가는 핑카와 맞바꾸었다.

톰은 그게 핑까의 매력이라고 판단했다. 하나부터 열까지 그가 이 집을 수리하고 가꿔나가야 했다. 톰은 아버지의 죽음에 충격을 받은 나머지 자신이 이런 엉뚱한 선택을 한 게 아닐까 싶어 잠시 혼란에 빠졌다.

심장이 벌떡거리며 뛰었다. 심장 뛰는 소리에 좀처럼 진정할 수가 없었다. 상자를 지그시 바라보며 그 안의 녹색 에메랄드를 떠올리고 나서야 비로소 마음이 가라앉았다. 아버지가 입버릇처럼 하던 말이 떠올랐다.

'이 보석이 너를 지켜줄 거야. 이것을 지니고 있으면 너는 무사할 거야.'

톰은 비로소 침착해졌다. 호흡이 점차 정상적인 리듬을 되찾았다. 지금 자신을 힘들게 만드는 것은 갑작스런 선택 이후에 찾아오는 후회나 불안일 거라고 생각했다. 거의 모든 사람들이 중요한 결정을 내리고 난 뒤에야 본격적으로 의문을 품기 시작하지 않는가. 톰도 잘 아는 사실이다. 특히 중요한 서명을 하고 돌아 나오면서 이런 후회를 하는 사람이 꽤 많다.

꼬리에 꼬리를 무는 생각 끝에 톰은 피곤해졌다. 졸음이 몰려왔다. 손가락의 상처가 주는 통증이 없었다면 네판테에서 그랬던 것처럼 잠이 그를 덮쳤을지도 모른다. 그 순간 톰은 한 가지 사실을 다시 떠올렸다. 본래 자신을 지켜주어야 하는 보석이 오늘 저녁에는 상처를 안겨주었다는 사실이다. 아무래도 이 사건이 뭔가를 암시하는 건 아닐까. 이 마지막 생각과 함께 톰은 잠이 들었다. 그리고 지난번 꿈을 꾼 그날로부터 정확히 석 달 만에 다시 꿈을 꾸었다.

9

"생각의 거울을 들여다보면 무슨 일이 일어나죠?"

알라 킨은 알고 싶었다. 베두인은 진지한 표정을 지었다.

"당신의 내면이 바로 겉모습이 됩니다. 내면의 세계가 겉으로 드러나는 외부의 세계가 되는 셈이지요."

'위가 곧 아래다.'

알라 킨은 거울의 장식에 이런 문구가 쓰여 있는 것을 보았다. 전에는 보지 못했던 문구였다.

"무슨 말인지 잘 모르겠네요."

알 라킨은 불안한 표정을 지었다.

"곧 보게 될 거예요. 변화는 이미 시작되었으니까요."

인 라케치는 우물처럼 깊은 눈으로 알라 킨의 얼굴을 살폈다.

"존재의 의미를 찾으려면 당신은 생각과 싸워야만 해요. 현실을 만드는 것이 생각이에요. 생각은 당신을 노예로 만들어 진정한 존재로부터 멀리 떼어내려고 할 거예요. 시선을 다른 곳으로 돌리며 미궁에 빠뜨리죠. 하지만 굽힘 없는 자세로 올곧게 맞선다면 존재의 의미로 상당히 나아간 자신을 발견할 수 있을 겁니다."

인 라케치는 말을 다시 잇기 전에 알라 킨의 얼굴을 살폈다.

"생각에 맞선다는 것은 간단한 일이 아니에요. 심지어 믿기 어려울 정도로 힘들죠. 당신이 어떤 형태로 접근하든 이 문제는 인생 전체에서 가장 어려운 과제가 될 거예요. 심지어 도저히 해결할 수 없을 것처럼 보일 수 있어요. 생각은 현실을 올바로 보지 못하게 막는 높은 장벽이라는 걸 명심하세요. 주의하지 않는다면 생각이 빠뜨리는 미로에서 빠져나오지 못할 수 있어요. 그러니 조심하세요."

인 라케치는 말을 마치며 거울을 손으로 가리켰다.

알라 킨은 마법에라도 걸린 것처럼 머리를 거울 쪽으로 돌렸다. 장식이 달린 테두리가 시야를 가득 채우더니, 거울 장식에 각인된 문자들이 알라 킨의 귀로 파고들었다.

'위가 곧 아래다.'

시선이 거울 표면을 가로지르자 거울에서 수천 개의 그림들이 어지럽게 펼쳐졌다. 알라 킨은 그 그림들 사이의 어딘가를 날면서 어지럽게 얽힌 생각들 사이로 추락했다.

영원히 떨어지는 것만 같았다. 얼마나 오랫동안, 어디로 떨어지는지 그는 알지 못했다. 방향감각을 잃어버린 탓에 어디가 위이고 어디가 아래인지 분간이 되지 않았다. 한없이 떨어져 내리는 것 같더니 추락이 갑자기 멈추었다. 그 또한 전혀 예상하지 못했기에 알라 킨은 깜짝 놀랐다. 그리고 마치 기적과도 같이 나귀의 등에 올라탄 자신을 발견했다.

알라 킨은 갑작스러운 움직임을 감지했다. 그는 자신도 모르게 목을 움츠렸다. 눈을 떴을 때 처음으로 본 것은 암갈색의 헝클어진 털이었다. 알 라킨은 털가죽 위에 놓인 안장에 앉아 있었다. 고개를 살짝 들자 그의 시야에 나귀의 목이 들어왔다. 곧이어 하늘로 치솟은 두 개의 귀를 가진 나귀의 뒤통수가 들어왔다. 몸이 거세게 흔들리면서 알 라킨은 나귀가 앞으로 달리고 있다는 걸 체감했다. 물론 기분은 그다지 좋지 않았다. 문득 승마를 해본 적이 없다는 생각이 들었다. 불안해진 그는 두 손으로 잡을 것을 더듬어 찾았다. 붙들 것이라고는 안장밖에 없다는 사실을 확인하니 불안감은 더욱 고조됐다.

이제 해는 등 뒤에서 비추고 있었다. 알 라킨은 앞으로 길게 늘어진 자신의 그림자를 보았다. 붙들 것도 없이 나귀 등에 맨

몸으로 올라타 있다는 불안감이 그의 생각을 잠식했다. 그림자가 갑자기 크고 위협적으로 보였다. 그것에 집중하면 할수록 자신과 나귀의 그림자가 만드는 형상은 그만큼 더 따로 움직이는 것처럼 보였다. 그림자만 봐서는 갑자기 나귀가 알 라킨을 떨어뜨리기 위해 허리를 펴고 펄쩍 뛰어오르는 듯했다. 알 라킨은 떨어지지 않으려고 안장을 꼭 붙들었다. 손가락이 끊어져 나갈 것처럼 아팠다.

낙상하는 게 아닐까 하는 생각은 강력한 힘을 가진 자석처럼 그의 모든 생각을 끌어당겼다. 그러나 알 라킨은 자신이 떨어지지 않고 안전하게 앉아 있는 것을 확인하고 차츰 안정을 되찾았다. 다행히 해도 이제 정면에서 알 라킨의 얼굴을 비추었다. 그 따스한 햇살에 두려움을 불러일으킨 생각이 씻은 듯 사라졌다. 길은 완만하게 휘어졌고, 앞으로 나아가는 동안 그림자는 점차 그를 스쳐 지나가 뒤로 완전히 사라졌다. 자신이 침착하고 평안하게 나귀를 타고 있음을 확인하고 나서야 알 라킨은 안도의 한숨을 쉬었다.

"그런데 대체 여기서 난 뭘 하는 걸까?"

알 라킨은 이렇게 자문하면서 주위를 돌아보다가 자신이 홀로 있는 게 아니라는 사실을 알아차렸다. 그의 앞에도 뒤에도 나귀를 탄 사람들이 보였다. 자신도 그 무리의 일원이었다. 알라 킨은 어쩌다 여기까지 나귀를 타고 오게 된 것인지 전혀 알수 없었다. 나귀를 탄 무리는 알 라킨에게 무엇인가를 떠올리게 만들었다. 지혜를 담은 오랜 속담과 같은 그것은 알 라킨이 예전에 잘 알았던 것이지만, 오래전에 잊어버려 잘 기억나지 않았다. 기억을 떠올리려고 할수록 검은 먹구름 같은 생각이 몰려와 그의 정신을 시커멓게 물들였다.

알라 킨은 무리를 이끄는 우두머리를 보며 참 묘한 사람이라는 생각을 지울 수 없었다. 전혀 믿을 만해 보이지 않았으며, 무리를 책임감 있게 이끌기보다는 위험에 빠뜨릴 것만 같은 인상이었다. 이런 생각을 하기 무섭게 알라 킨은 우두머리가 무리를 지금껏 가던 안전한 길을 벗어나 길도 없는 험지로 이끄는 것을 보았다. 그럼에도 무리 가운데 몇몇은 나귀가 길도 없는 곳을 지나느라 흔들림이 심해진 걸 즐기는 듯 소리를 질러댔다. 나귀는 불안정하게 나아가며 등에 올라탄 사람을 떨어뜨릴 것만 같았다.

알라 킨은 보는 것만으로도 초조해서 견딜 수가 없었다. 그는 허리를 완전히 숙여 나귀의 목덜미를 꼭 끌어안고 싶었다. 하지만 그럴 용기가 나지 않았다. 한편으로는 부끄럽고, 다른 한편으로는 그러다가 균형을 잃고 떨어질까 두려웠기 때문이다. 우두머리는 무리를 갈수록 더 위험한 곳으로 이끌었다. 좁아지기만 하던 길은 이제 보이지도 않았다. 오른쪽으로는 거대한 암벽이 우뚝 섰고, 왼쪽으로는 가파른 내리막이었다. 우두머리는 무리를 더욱 빠르게 길도 보이지 않는 깊은 곳으로 이끌었다. 발아래 입을 쩍 벌린 골짜기는 당장이라도 무리를 집어삼킬 기세였다. 알라 킨은 왼쪽을 바라볼 엄두조차 내지 못했다.

"저 우두머리가 우리를 구렁텅이로 이끌고 있는데도 막을 수가 없구나."

알라 킨은 혼자서 이런 탄식을 했다. 속으로는 이 무리에서 빠져나갈 수 있기를 간절히 바랐다. 이런 생각을 하기 무섭게 다음번 불운이 시작되었다. 지금껏 하나로 이어졌던 길이 둘로 갈라져 있었다. 우두머리는 이제 다시 평탄하고 안전해 보이는 길로 접어들었다. 그 뒤를 나귀를 탄 다른 사람들이 따랐다. 다른 방향의 길은 암벽 쪽으로 난 가파른 길이었다.

"제발 저들을 따라가. 저기로 따라가라고."

알라 킨은 자신의 나귀에게 애원했다. 그의 앞으로 가던 두 마리의 나귀가 갈림길에서 우두머리가 간 길로 접어들었다. 알라 킨은 무리가 우두머리를 따라 보다 더 안전한 길로 접어든 것을 보고 안심했고, 그의 바로 앞에 있는 나귀도 당연히 그쪽을 따라갈 것이라 기대했다. 그러면서도 나귀가 엉뚱한

쪽으로 방향을 잡을 것만 같아 가슴이 조마조마했다. 그 나귀 역시 우두머리를 따라 방향을 잡는 것을 확인하고 나서야 그는 안도의 한숨을 쉬었다. 이제는 그의 차례였다. 슬금슬금 움터오는 걱정은 갈수록 공포로 변했다. 하필 자신의 나귀가 저 암벽 쪽으로 가는 게 아닐까 하는 걱정을 지울 수가 없었다. 그의 관념은 오로지 이 상황에만 집중해 있었고, 자신의 나귀가 유일하게 암벽 쪽으로 방향을 트는 것을 본 순간 공포는 말 그대로 경악으로 바뀌었다.

'이럴 수가 없어, 이건 말도 안 돼!'

그는 속으로 이렇게 생각했다. 심장이 무섭게 뛰기 시작했다. 그러나 달리 어쩔 도리가 없었다. 잘못된 방향을 잡았다는 생각은 고스란히 현실로 나타났다. 그는 자신의 나귀를 향해 외쳤다.

'안 돼, 거기가 아냐, 그쪽으로 가지 마!'

속으로 얼마나 많이 '안 돼!'를 외쳤는지 그 자신도 알지 못했다. 그러나 더욱 무서운 공포가 그를 기다렸다. 자신의 나귀가 걸어가는 길은 암벽 사이를 지나가며 갈수록 좁아지다가 고개를 넘어서자 길 양쪽으로 아찔한 골짜기가 펼쳐졌다. 알라킨은 도움을 구하기 위해 주변을 돌아보았지만 보이는 것이라고는 오로지 자신이 탄 나귀뿐이었다. 동행하던 무리는 흔적도 없이 사라졌다. 그의 뒤를 따르는 사람은 아무도 없었다. 그의 나귀가 무리로부터 빠져나왔다는 걸 알아차린 사람도 없는 듯했다. 알라 킨은 뒤를 돌아보다가 하마터면 나귀에서 떨어질 뻔했다. 그런 탓에 잔뜩 긴장한 그는 마치 돌처럼 굳은 상태로 나귀 위에 앉아 부들부들 떨었다.

끝나지 않을 악몽을 꾸는 것처럼 식은땀을 흘렸다. 알라 킨의 머릿속에서는 어떻게 하면 좋을지 생각이 꼬리에 꼬리를 물었다. 길은 계속 좁아지고 더 가팔라지는데 이러다가 나귀와 함께 저 골짜기로 추락하면 어쩌지? 실제로 나귀의 발이 닿는 곳마다 작은 돌들이 부서져 골짜기로 떨어지기 시작했다. 나귀가 휘청거릴 때마다 알라 킨의 간은 콩알만 해졌다. 그는 균형을 잃지 않으려 안간힘을 썼다. 나귀와 함께 추락하는 일만큼은 막아야 하니까.

'제발 멈춰!'

그는 속으로 이렇게 애원하고 또 애원했다. 그러나 나귀는 아랑곳하지 않고 행군을 계속했다. 그때 알라 킨은 자신이 가장 두려워한 최악의 상황이 벌어졌다는 것을 알았다. 불과 몇 미터 앞에서 길이 돌연 끊어진 것이다. 그 앞은 그야말로 깎아지른 절벽이었다. 그와 나귀는 까마득히 높은 산 위 가파른 낭떠러지 앞에서 옴짝달싹못하고 서 있었다. 나귀가 돌아서기에는 올라온 비탈길이 너무나 비좁았다. 이제는 한 발자국만 헛디뎌도 추락할 판이었다. 뒷걸음친다는 것도 완전히 불가능했다. 양옆이 낭떠러지인 이 비좁은 길에서 나귀를 돌려세울 수는 없었다. 생각만 해도 알라 킨은 낭떠러지 저 아래로 떨어지는 것만 같았다. 그는 벌써부터 추락하는 생생한 느낌에 몸서리치며 저 아래 바닥에 부딪치는 자신을 상상했다.

'이제 끝장이구나.'

알라 킨은 눈을 질끈 감았다.

10

소스라치듯 놀라며 톰은 잠에서 깼다. 머리가 깨질 것처럼 지끈거렸다. 어제저녁에 마신 와인이 두통의 원인이었다. 머리가 쿵쿵 울려댔다.

'끔찍한 악몽을 꿨어.'

톰은 꿈의 내용을 되새겨볼 여유를 가지지 못했다. 마치 망치를 두드리듯 쿵쿵대는 소리가 점점 심해져 참을 수가 없었기 때문이다. 정신이 차츰 돌아오면서 톰은 쿵쿵 두드리는 소리가 현관에서 나는 것임을 알아차렸다. 누군가 핑카의 현관 앞에 서서 쾅쾅 큰 소리가 나게 문을 두들겨댔다.

소리의 정체를 깨달은 톰은 자리에서 일어난 뒤 천천히 거실을 지나 현관으로 다가갔다. 그동안에도 쾅쾅 소리는 멎을 줄을 몰랐다. 톰은 이처럼 소리가 큰 게 머리가 아파서 그런지, 아니면 누군가 저렇게 세게 두들겨 그런 것인지 헷갈렸다. 그러다가 번쩍하며 떠오른 생각이 있었다.

'아! 해몽가 노인이 왔나?'

톰은 이처럼 빨리 노인이 찾아오리라고는 전혀 예상하지 못했다. 그럼에도 그는 회심의 미소를 지었다. 전날 저녁 자신이 생각했던 것이 빗나가지 않았다는 사실 때문이었다.

'틀림없이 대가를 받으러 왔을 거야. 내 꿈이 해몽가 노인을 끌어당긴 모양이야. 노인은 대가를 받아내기 위해 꿈풀이할 기회를 노리고 있었으니 당연해.'

톰은 어젯밤의 기묘한 꿈을 두고 노인이 무슨 이야기를 할지 벌써부터 궁금해지기 시작했다. 그런 악몽을 노인은 과연 어떻게 해석할까.

그러나 문을 열자 그 악몽이 현실이 되어 톰을 노려보고 있었다. 문 앞에는 커다란 몸집에 흥분으로 얼굴이 벌겋게 달아오른 남자가 서 있었다. 바로 톰에게 핑카를 판 집주인이었다. 톰이 무어라 말하기도 전에 그는 소리부터 질렀다.

"아니, 이런 제기랄! 돈은 언제 줄 거야?"

그러나 돈은 없었다. 변호사의 말이 옳았다. 전 재산을 너무 성급하게 팔려고 내놓는 바람에 사기꾼들이 몰려들었다. 변호사가 그토록 신중하라고 경고했음에도 톰은 사기꾼들이 제안하는 금액에 혹했다. 결국 사기꾼들은 톰이 가진 모든 것을 빼앗아 달아나버렸다. 그는 전 재산을 잃었다. 안달루시아의 이 폐가를 얻기 위해 집주인에게 약속한 돈을 고스란히 빚진 상태였다. 집주인은 일주일의 시간을 주었다. 그때도 돈을 주지 않는다면 감옥에 처넣겠다고 을러댔다. 판사들과도 아주 잘 알고 있다면서. 그리고 스페인의 이런 외진 지방에 있는 교도소는 외국인이 들어갔다가 다시 건강하게 나오기는 힘들다는 이야기도 덧붙였다. 스페인에서는 자신이 한 말은 반드시 지켜야 한다는 것을 감옥이 뼈저리게 가르쳐줄 것이라고도 큰소리쳤다.

이런 위협과 함께 집주인은 톰을 핑카에서 꼼짝도 하지 못하게 잡아놓았다. 핑카를 둘러싼 사유지 입구에 경비원을 세워둔 것이다. 톰으로서는 갇힌다는 게 어떤 것인지 미리 맛보는 셈이었다. 그의 꿈은 악몽이 되었다. 지난밤의 꿈이 예언한 그대로.

11

이번 주 내내 톰은 잠을 제대로 잘 수 없었다. 꼬박 밤을 지새운 게 벌써 사흘째였다. 집주인이 돈을 요구한 이후, 그는 마음의 평안을 잃었고, 밤새 뜬눈으로 깨어 있었다. 인생이 이처럼 비참하게 느껴지리라고는 상상조차 하지 못했다. 막다른 구석에 내몰렸는데 어떻게 빠져나가야 좋을지 도무지 길이 보이지 않았다. 가끔은 죽는 게 낫지 않을까 하는 느낌이 들기도 했다. 그는 이런 느낌이 치솟을 때마다 깊은 침묵에 빠졌다.

도대체 어떻게 해서 이 모든 일이 일어났을까? 그동안 인생을 살아오며 나름 힘들게 쌓아온 것을 어째서 그렇게 간단히 내버릴 생각을 했을까? 그래도 예전 생활은 안정감을 주는 구조를 갖추었다. 매일 일을 하고, 밤마다 잠을 잘 수 있었다. 꿈을 꾸진 못했지만, 그 대신 뜬눈으로 꼬박 지새우는 밤은 없었다. 안정적이고 확실하게 보장된 일상은 옥죄는 듯한 답답함이 있기는 했지만, 따지고 보면 다른 사람들도 다 그렇게 사는 게 아닐까?

반면, 지금 치르고 있는 대가는 얼마나 비싼가. 톰은 상당히 비싼 대가를 치르는 중이었다. 이건 의심할 수 없는 사실이었다. 한순간 혹해서, 잠깐 한눈을 판 탓에 꿈은 그를 바닥 모를 추락으로 내몰았다. 예전 집에서 잃으면 큰일 날까 싶어 집착했던 모든 것을 톰은 단박에 잃어버렸다.

할 수만 있다면 예전 인생을 톰은 되사고 싶었다. 이전으로 되돌아갈 수만 있다면 무슨 일이든 할 수 있다고 다짐했다. 톰은 침대 옆에 놓아둔 상자를 바라봤다. 손가락은 여전히 아팠다. 이 녹색의 에메랄드는 여전히 가치를 지니고 있을까? 톰은 가까운 도시로 가서 보석상에 팔아볼까 생각도 했다. 보석상은 틀림없이 이걸 사줄 것이다. 그럼 고향으로 돌아갈 여비 정도는 충분히 마련하지 않을까?

이곳에 그의 미래는 없었다. 반대로 고향에 가면 예전의 생활로 다시 돌아갈 수 있으리라. 고향에 돌아가 돈을 벌어 갚겠다고 하면 집주인과의 문제도 해결될 수 있지 않을까? 톰은 한숨을 내쉬며 다시금 상자를 보았다. 분명 에메랄드는 저 안에 들어 있을 것이다. 손가락의 아픔이 이토록 생생하니까. 톰은 다시 꿈을 떠올렸다. 꿈이 사람을 어떤 지경으로 내모는지 확실히 경험한 지금, 그는 꿈이라면 넌더리부터 났다. 꿈은 위험하다.

네 번째 아침, 톰은 이대로는 안 되겠다 싶어 자리를 털고 일어나 트랙터를 수리하기 시작했다. 지난 며칠 동안은 트랙터를 그저 무심하게 지나쳐 다녔다. 트랙터는 핑카로 이어지다가 낡은 창고 쪽으로 길이 갈라지는 지점에 서 있었다. 톰은 그 길을 숱하게 오가며 핑카 주위를 맴돌았다. 하지만 트랙터는 안중에도 없었다. 오로지 어떻게 해야 돈을 마련할 수 있을까 하는 궁리로 머리가 깨질 것처럼 아팠기 때문이다.

바로 그때 톰은 나비를 보았다. 핑카를 발견한 이래 다시 나비를 본 것은 처음이었다. 펄럭이며 날갯짓을 하는 나비들은 톰에게 주변을 돌아보게 만들었다. 그를 당시 이곳으로 이끈 것도 바로 이 풍광이 아니었던가. 테라스에서 첫날 저녁을 보낸 이후 톰은 이 아름다운 풍광을 까맣게 잊고 지냈다. 그는 그저 생각의 음산한 미로 안을 헤맸을 따름이다. 도대체 왜 이곳에 끌렸는지 완전히 잊은 채로.

다시 그에게 이 아름다운 풍경을 일깨워준 것은 바로 나비였다. 톰은 자신이 이곳에서 하고 싶었던 모든 것을 떠올렸다.

그만큼 핑카는 무궁한 가능성을 품은 곳이었고, 마음을 온통 빼앗길 만했다. 원하는 대로 꾸미고 가꿀 수 있었다. 물건을 다듬고 매만져 원하는 모양으로 만드는 일은 톰이 어려서부터 사랑한 취미였다. 그동안 잊고 지냈지만, 톰은 여전히 이 취미를 사랑했다. 그가 여기 온 것도 손으로 뭔가를 만들고 고치는 일에 대한 기쁨을 다시 발견하기 위함이었다.

나비들이 그 기억을 일깨웠다. 나비들이 맴을 도는 트랙터를 바라보던 톰은 마침내 좋은 생각을 떠올렸다. 저걸 고쳐놓는다면 나중에 팔 수도 있지 않을까? 또는 집주인이 대금 대신으로 트랙터를 받아주지 않을까? 설령 트랙터가 다시 작동하지 않는다 하더라도 톰은 이곳에서 지내는 마지막 날들을 그가 꿈꿔온 일을 하며 지낼 수 있으리라 생각했다.

'그렇다면 적어도 나는 꿈을 한순간이나마 제대로 맛볼 수 있겠지.'

톰은 이렇게 생각을 정리했다. 그리고 차분하게 낡은 트랙터를 바라보았다.

'생각의 힘이라는 게 참으로 묘하구나. 암울한 생각은 납덩이처럼 사람을 짓누르지만, 밝은 생각은 가볍게 날 수 있는 날개를 달아주잖아.'

톰은 어떻게 하면 늘 긍정적이고 올바른 생각을 품는 법을 배울 수 있을지 자문하곤 했다. 그는 지난밤 꿈과 해몽가 노인이 예고했던 시험을 떠올렸다. 아무래도 첫 번째 시험은 낡은 생각을 어떻게 떨칠 수 있는지를 묻는 것이었던 모양이다. 시험의 핵심은 생각에 더는 지배당하지 않도록 자신이 생각의 주인이 되는 게 아닐까?

곰곰이 생각할수록 사람이 자신의 생각에 끌려 다닐 수 있다는 점이 기묘하게 다가왔다.

'결국 생각은 다른 누구도 아닌 내가 하는 것이다. 그리고 생각이 나로부터 비롯되는 것이라면, 내가 생각의 주인이니까, 생각이 나를 해칠지, 아니면 보탬을 줄지 스스로 결정할 수 있어야 한다.'

톰은 자신이 첫 시험을 통과할 올바른 길로 접어들었음을 알았다. 이 시험을 온전히 통과하는 일이 결코 간단하지 않다는 점도 깨우쳤다. 어쨌든 톰은 스스로 지난밤 꿈을 해석하는 데 성공했다고 믿었다.

'나는 내 생각을 다스리는 법을 배워야 해.'

이런 깨달음으로 톰은 한결 기분이 가벼워졌다. 최소한 해몽가 노인에게 매달리거나 의존하지 않아도 될 만큼 자유로워졌다.

'그렇다면 나는 다른 모든 것에서도 자유로워질 수 있어.'

톰은 이렇게 생각하며 다시 자신감을 얻었다. 이제 트랙터를 수선하는 일에 몰두할 수 있었고, 그 순간만큼은 다른 모든 것을 잊을 수 있었다.

12

해몽가 노인은 한동안 생각을 다듬었다. 서두른다고는 했는데, 이미 너무 늦은 게 아닐까 그는 초조했다. 하지만 이내 그의 얼굴에 미소가 떠올랐다. 노인은 모든 일이 저마다의 의미를 지닌다는 것을 알았다. 모든 일이 인생이 가지고 있는 계획의 일부분이다. 이런 이치는 이미 불꽃이 그에게 모두 이야기해주었다.

'나는 그 이야기를 귀담아들었어야 했어.'

며칠 전 조급한 마음에 서둘러 출발했던 자신이 겸연쩍으면서도 다른 한편으로는 마음이 가벼워져 노인은 미소를 지었다. 그는 이런 상황에서 늘 커다란 도움을 주는 지혜로운 문장을 떠올렸다.

'진정한 힘은 평온한 마음에서 나온다.'

노인은 장작불의 불꽃이 전해주는 메시지를 들을 때 이 말을 기억하지 못하고 혼란스런 마음에 성급히 자리를 뜨는 실수를 저질렀다. 그는 앞으로 이 지혜를 더욱 잘 새기자고 다짐했다. 진정한 힘은 평온한 마음에서 나온다. 이 지혜 또한 이미 어딘가에 쓰여 있는 글귀가 아닐까?

노인은 이 지혜를 곧바로 응용하기로 결심했다. 편안한 마음으로 여유 있게 걷노라니 서두르지 않음에도 발걸음은 가벼워졌다. 이제 노인은 다시 자신의 속도를 유지하며 걸었다. 평화롭게 주변을 돌아보았다. 태양은 이미 하늘과 땅이 맞닿은 곳까지 깊이 기울어 있었다. 노인은 야영을 하기로 결심하고 먼저 토끼 몇 마리를 잡기로 했다.

13

지주는 예전에 자신의 소유였던 핑카의 테라스에 앉아 일에 열중한 청년을 바라보았다. 누구도 저 낡은 트랙터를 수리하지 못했는데, 과연 저 청년이 그걸 해낼 수 있을까? 한심한 몽상가! 지주는 청년을 처음 보았을 때 이미 알아보았다.

도무지 미덥지 않은 청년에게 핑카를 파는 것도 그다지 내키지 않았다. 물론 오랜 세월 동안 그 누구도 이 집에 관심을 가지지 않았다는 것을 인정할 수밖에 없다. 집을 사겠다는 사람이 나타나리라고는 전혀 기대하지 못했다. 그래서 팔겠다는 생각도 이미 접은 지 오래였다. 다만 집의 현관에 매매 쪽지만 붙여놓았을 뿐이다. 시간이 더 지난 뒤에는 심지어 쪽지를 붙여놓았다는 사실조차 잊었다.

그러던 차에 청년이 나타나 집을 사겠다고 하자 지주는 화들짝 놀랐다. 자신의 귀를 의심할 정도였다. 그는 서둘러 청년과 만났다. 청년은 아버지가 돌아가신 뒤 약간의 유산을 물려받았으며, 어린 시절의 행복한 추억을 되살리고자 안달루시아로 이주할 것이라고 했다. 그 이야기에 지주는 쾌재를 불렀다. 그러면서도 한 가지 의문이 들었다. 왜 청년은 오래전 행복을 되찾고 싶다고 말하는 걸까.

낡고 군데군데 망가진 핑카의 상태를 보고 더 사고 싶어졌다는 청년의 말에도 지주는 놀랐다. 모든 것을 자기 손으로 고쳐 다시 멋진 별장으로 만들고 싶다는 청년의 계획은 무모하게만 들렸다. '뭐, 필요하다면 내가 도와줄 수는 있지.' 하고 지주는 입맛을 다셨다. 잘나가던 시절 지역의 솜씨 좋은 수리업자들과 꽤 가깝게 지냈기 때문이다.

지금 지주는 젊은 몽상가가 트랙터를 고치는 걸 지켜보면서 문득 꿈을 꾼다는 게 어떤 것인지 자신이 더 잘 안다고 생각했다. 그도 한때는 꿈을 꾸었으니까. 그는 핑카와 계곡 주변의 넓은 땅들을 마련하느라 구슬땀을 흘렸던 시절을 떠올렸다. 그의 꿈은 넓은 땅을 가진 지주가 되는 것이었다. 그러나 그는 이미 오래전에 꿈을 좇는 것을 포기했다.

옛날에는 자신의 꿈이 얼마든지 이루어지리라고 믿었다. 그는 이 계곡에서 성장했고, 그의 아버지는 양을 치는 목자였다. 가족은 풍족하지는 않았지만 행복했다. 하지만 어린 시절의 그는 갖고 싶은 많은 걸 포기해야만 하는 가난이 싫었다. 대규모 농장을 운영하는 부모 덕분에 풍족한 생활을 하는 친구들이 부러웠다. 그래서 언젠가는 자신도 큰 부자가 되겠다고 다짐했다.

그는 아주 열심히 일했고, 비교적 젊은 나이에 첫 땅을 구입할 돈을 모았다. 그렇게 산 땅을 솜씨 좋게 경작한 그는 곧이어 땅을 더 사들일 수 있었다. 근면한 자세로 허리띠를 졸라가며 더욱 많은 돈을 모았다. 그리고 마침내 어려서 늘 꿈꿔온 부자가 되는 데 성공했다. 그는 넓은 땅을 소유한 지주가 되었다.

하지만 그걸로 만족할 수는 없었다. 지주는 자신이 가난을 곱씹으며 성장한 이 계곡을 모두 소유할 꿈을 꾸었다. 자신의 아버지가 양을 풀어 키우던 너른 들판을 사들이고, 계곡 중턱에 위치한 언덕 위에 핑카를 짓고 싶었다. 핑카의 테라스에 앉아 계곡 전체를 굽어보는 자신의 모습을 상상하며 그는 가슴이 벅찼다.

그의 계획은 순조롭게 착착 이루어졌다. 땅을 다룰 줄 알게되면서 그는 점차 대규모 토지를 취득할 수 있는 사업 감각을 키웠다. 그리고 땅으로 돈을 버는 일이 생각보다 훨씬 쉬운 일임을 확인했다. 부동산 거래는 근면성실함이라는 미덕도 필요하지 않았다. 땅값은 끊임없이 치솟았다. 그저 땅을 사서 얼마뒤 팔아 이익을 챙겼고, 그 돈으로 더 많은 땅을 구입했다. 그정도로 부동산 거래는 아주 단순했고 그의 사업은 순조로웠다. 그의 자산도 갈수록 늘어났다.

그동안 그는 핑카를 짓는 일도 착수했다. 그즈음 지인 중 한사람이 은행에서 대출을 받아 땅을 사면 훨씬 더 빨리 부를 쌓을 수 있다고 그에게 귀띔해주었다. 실제로 그는 앞서 10년 동안 사들인 만큼의 땅을 은행 대출로 1년 만에 장만할 수 있었다. 그런데 핑카가 거의 완공될 무렵, 그의 꿈이 와르르 무너지는 순간이 찾아왔다.

테라스에 앉아 트랙터를 수리하는 청년을 지켜보면서 지주는 꿈이 속절없이 무너져 내리던 그날의 기억을 떠올렸다. 당시 심각한 경제위기가 전국을 강타했다. 은행은 서둘러 대출금 회수에 나섰다. 지주는 빚을 갚기 위해 전 재산을 제값도못 받고 헐값으로 팔아야만 했다.

그는 순식간에 거의 모든 것을 잃었다. 마지막에는 자신이직접 경작하는 땅과 핑카만 남았다. 몇 년 지나지 않아 경제가회복되었을 때 그는 남은 재산을 처분해 다시 사업에 도전해볼 수는 있었다. 그러나 위기는 그의 재산만 잠식한 게 아니었다. 위기는 그의 힘을 앗아갔다. 그는 폭삭 늙어버렸다. 내면에서 타오르던 불길은 사그라졌다. 그는 야기된 모든 일에 다른 누구도 아닌 자기 자신에게 원망을 품었고, 하늘이 자신의 교만함에 형벌을 내렸다고 여겼다.

예전에 품었던 원대한 꿈을 상기시켜주는 것은 오로지 핑카뿐이었다. 하지만 세월이 흐르며 핑카가 쇠락하듯, 지주 역시 차츰 노쇠해졌다. 그럼에도 핑카만큼은 버릴 수 없었고, 그는 핑카와 더불어 망가져갔다. 몇 년이 더 흘러 핑카를 처분할까 고민했지만, 때가 너무 늦었다. 이 폐허와도 같은 곳을 사겠다고 나서는 사람은 아무도 없었다. 그의 꿈은 저주가 되고 말았다. 이 저주를 품은 채 그는 무덤에 묻히리라.

바로 그때 청년이 나타났다. 지주는 하늘이 그의 죄를 사해주기 위해 청년을 보내주었다고 믿었다. 뛰어난 손재주와 자신의 꿈을 실현하려는 야심으로 청년은 그 옛날 자신이 시작한 꿈을 완성시켜줄 것처럼 보였다. 그 자신은 꿈을 더는 이룰 수 없었다. 그러나 그는 청년의 꿈이 실현될 기반을 닦았다. 이런 생각이 그의 마음을 평화롭게 다독였다. 그는 자신의 인생에서 희망했던 것 이상을 이 평화로움으로 맛보았다.

그렇지만 하늘은 지주를 상대로 여전히 심술을 부리는 듯했다. 핑카는 서류상으로 이미 양도했는데, 청년에게 돈을 받지 못했다. 아무래도 운명이 그에게 땅을 사고파는 일에는 운이 없다는 사실을 알려주고 싶었나 보다.

그때 갑자기 요란한 소리가 상념에 잠겨 있던 그의 주의를 일깨웠다. 소리에 놀란 그는 앉아 있던 의자에서 벌떡 일어섰다. 테라스에서 평온하게 앉아 추억을 맛보게 해주었던 의자가 그가 일어나는 기세에 덜커덩 흔들렸다. 누가 총이라도 쏜 건가? 지주는 청년이 어디 있는지부터 살폈다. 그리고 자신의 두 눈을 의심했다. 청년이 그 낡은 트랙터에 올라탄 채로 핑카 쪽으로 기세 좋게 다가왔다.

14

"뭘 좀 먹으러 갈까?"

언제 왔는지 테라스에 서 있는 지주를 보고 톰은 깜짝 놀랐다. 내일 오기로 했는데 어찌 된 일인가 싶었다. 톰은 지주의 식사 초대에 속으로 더욱 놀랐다.

마을로 내려가는 길을 가는 내내 두 사람은 아무 말도 하지 않았다. 톰은 혹시 이대로 자신을 감옥에 데려가려는 건 아닌지 슬그머니 걱정했다. 아무래도 식사 초대는 톰의 저항이 심할까 싶어 내세운 구실이 아닐까.

그러나 걱정은 기우였다. 지주는 실제로 톰을 마을의 어떤 골목길 모퉁이에 위치한 작은 레스토랑으로 데려갔다. 바깥에 작은 탁자 하나를 내놓은 가게였다. 이 레스토랑은 지주가 자주 찾는 단골 식당이었다. 그는 중요한 결정을 내리기 전 혼자 생각하고 싶을 때는 이곳을 즐겨 찾았다.

주문한 음식이 나오자 지주는 식사를 하면서 톰에게 말을 건넸다.

"그 트랙터는 지금껏 아무도 고치지 못했네. 지난 10년 동안 여러 사람들이 손을 댔지만 모두 실패했지. 자네는 어떻게 해낼 수 있었나?"

톰은 한동안 아무 말도 하지 않았다. 무슨 말을 할지 망설이는 톰의 얼굴을 지주는 날카로운 눈으로 관찰했다. 톰은 여전히 자신이 돈을 갚지 못해 어딘가에 갇히는 게 아닌가 두려워하고 있었다. 그런 만큼 대답하기가 조심스러웠다. 설명이라 할 것도 없었다. 그가 구사하는 단어는 어린아이의 그것처럼 단순하고 명쾌했다. 지주가 자신의 대답을 마음에 들어 하지 않을 수 있다고 걱정하면서도 톰은 가슴 깊은 곳에서 우러나오는 표현을 썼다.

"그건 언제나 제 꿈이었으니까요."

톰의 대답은 지주를 깊은 침묵에 빠뜨렸다. 그는 아무 말 없이 허공만 노려보았다. 마치 그의 영혼이 침묵하는 것처럼. 주변의 모든 것이 존재하기를 멈추었다. 아픔도 기쁨도, 아무런 느낌도 없었다. 톰의 대답이 지주에게 불러일으킨 이런 절대

적인 침묵, 모든 것을 빨아들이는 침묵은 그의 숨결이 깃든 모든 장소로 번졌다. 양을 방목하던 계곡의 들판도 숨을 죽였으며, 핑카가 위치한 언덕 위에서 불던 바람도 완전히 잦아들었다. 온 세상이 멈추었다. 그리고 할 수만 있다면 그는 모든 것이 그 순간에 끝나게 내버려두었으리라.

톰은 지주를 걱정스러운 눈빛으로 살피며 얼른 이렇게 덧붙였다.

"저는 더 많은 걸 고칠 수 있습니다. 고치는 것은 어려서부터 잘했어요. 원한다면 선생님의 집, 그러니까 핑카도 다시 반듯하게 수리하겠습니다."

톰은 다시 꿈을 이야기하는 것만큼은 피했다. 그는 지주에게 네판테에서 겪은 일과 해몽가 노인을 만난 일도 이야기하지 않았다.

'사람들은 다른 이들의 꿈에 저마다 다르게 반응하지.'

톰은 속으로 이렇게 곱씹었다. 이 사실은 그동안 몸소 겪은 바였다. 고향 사람들도 그의 꿈을 비웃었다. 반대로 네판테의 산장지기는 톰을 도왔다. 산장지기는 꿈이 얼마나 중요한지 잘 알았다. 그는 자신의 꿈을 이루었으니까. 산장지기는 톰에게 두 부류의 사람들이 있음을 일깨워주기도 했다. 한쪽은 자신의 꿈을 좇고, 다른 쪽은 꿈을 잊어버린다고 했다.

그러나 지주는 그 어느 쪽도 아닌 것으로 보였다. 톰은 그 순간 뭔가 중요한 교훈을 배울 수 있겠다는 예감이 들었다. 어쩌면 그의 꿈이 왜 악몽으로 변해버렸는지도 알 수 있지 않을까? 톰은 자신이 충분히 주의를 기울이지 않아 뭔가 놓쳤을 수 있다고 생각했다. 아무래도 초심자나 저지르는 어떤 실수를 범한 게 아닐까? 초심자에게 행운이 있듯 불운도 있는 게 틀림없었다. 이 실수를 바로잡는다면 어떤 일이 벌어질까? 결국 꿈은 이루어질까? 악몽을 꾼 이후 처음으로 톰은 다시 희망을 품었다.

"뭔가 고치는 걸 좋아하고, 다 고칠 수 있습니다."

톰이 지주에게 말했다. 지주는 오랫동안 톰을 물끄러미 바라보다가 드디어 입을 열었다.

"썩 믿긴 어렵지만….."

지주는 약간 갈라진 목소리로 말하고는 이내 자세를 바로잡았다. 그는 잠깐 마음을 추스르며 생각에 잠긴 듯하더니, 이윽고 톰을 보며 이렇게 말했다.

"자네에게 제안을 하나 하지. 자네가 트랙터를 수리해놓았듯, 다시 핑카를 되살려놓는다면 고향에 돌아갈 충분한 돈을 노임으로 주겠네. 고향에서 자네의 예전 인생을 복구할 두 번째 기회를 갖게 된 걸 감사해야 할 걸세. 인생을 살면서 이런 기회는 자주 오는 게 아니니까."

톰은 테이블 아래서 바지호주머니에 든 작은 상자를 만지작
거렸다. 그 안에 든 녹색 에메랄드가 고스란히 느껴졌다.

'아버지 말씀이 옳아요. 보석이 저를 지켜주고 있어요. 어떻게
그걸 믿지 못하고 의심했을까요?'

며칠 만에 처음으로 톰은 손가락이 더는 아프지 않은 걸 느
꼈다. 손가락의 상처는 깨끗이 나았다.

15

하지만 생각했던 것만큼 일이 즐겁지 않았다. 무엇 때문인지 처음에는 정확히 알지 못했다. 어쩌면 톰이 제안을 받아들이는 조건으로 지주에게 핑카의 소유권을 다시 넘겨준 게 원인일 수도 있었다. 톰은 핑카를 개축하는 일이 끝날 때까지만 이곳에서 살기로 했다. 물론 계약대로 집값을 지불하지 못한 탓에 핑카의 소유권은 지주에게 다시 넘어갔다. 톰은 집을 샀을 때 썼던 계약서를 액자에 넣어 현관문 위에 걸어두었다. 자신이 꿈을 잘못 해석했다는 점을 상기하고, 이제 모든 것을 처음부터 다시 시작해야만 한다는 각오를 다지기 위해서였다.

일이 별로 즐겁지 않은 진짜 이유는 다른 데 있었다. 손을 써서 하는 일 자체는 늘 재미있었다. 또한 톰은 자신의 손재주

덕분에 두 번째 기회를 얻게 된 것이 정말 감사했다. 심지어 그토록 가지고 싶었던 집에서 한동안이나마 살 수도 있지 않은가. 돈을 마련하지 못해 암담했던 때에 비하면 지금 상황은 과분할 정도였다. 지주는 부당한 요구를 하는 사람은 아니었으며, 핑카를 찾아와 일이 진전을 보일 때마다 톰에게 따로 수고비를 쥐어 주었다. 작업이 모두 완료되면 톰은 고향으로 돌아가 예전 생활을 다시 시작할 만큼 충분한 돈을 모을 수 있으리라 예상했다.

아무래도 일의 즐거움을 떨어뜨리는 결정적 원인은 핑카가 어떻게 개축되어야 하는지 지주가 구상한 대로 따라야 한다는 점이리라. 지주는 매일 저녁 찾아와 일의 진척 정도를 살폈을 뿐만 아니라, 이렇게 저렇게 하라고 지시를 남발했다. 게다가 좀체 만족이라는 걸 몰랐다. 그는 별장이 어떤 외관을 자랑해야 하는지 완벽주의에 가까운 구상을 가진 듯했다.

어느 날 저녁 잠자리에 든 톰은 트랙터를 수리했을 당시의 기억을 떠올렸다. 그때만 해도 그는 즐겁기만 했다. 어렸을 적 뭔가를 수리하면서 항상 느꼈던 기쁨이 있었다. 그래서 더욱 작업에 몰입할 수 있었다. 트랙터 수리는 당시 톰에게 절실하게 필요했던 마음의 평화를 선물해주었다. 그 당시에는 낮과 밤이 온통 두려움과 근심으로 물들어 있었으니까. 톰은 자신의 생각에 이끌려 빠지고 만 막다른 상황의 암담함을 다시 떠올렸다. 거기서 벗어나게 해준 것이 트랙터였다. 물론 당시는 트랙터 덕분에 이런 기회를 잡게 되리라고는 짐작조차 하지 못했다.

지금도 집수리 자체는 골치 아픈 생각을 하지 않게 해주어 좋았다. 일에 몰입하는 동안에는 저녁에 지주가 찾아와 무얼 요구할까 하는 걱정에서도 벗어났다. 그래서 톰은 떠오르는 생각은 그냥 흘려보내고 일에만 더 집중했다. 비록 트랙터를 수리할 때 느꼈던 기쁨이 되살아나지는 않았지만, 그래도 일을 하면서 마음의 평화가 더 커지는 것을 맛보았다.

'나는 잡념을 떨치는 법을 배우는구나.'

문득 이런 사실을 확인하고 톰은 깜짝 놀랐다. 이건 꿈이 주었던 암시와는 달랐다. 해몽가 노인은 생각을 정리하는 법을 배우라고 해석해주었는데….

'해몽가 노인이 잘못 풀이한 걸까? 그럴 수도 있지. 노인은 네 판테에서 만난 이후 다시는 내 앞에 나타나지 않았잖아. 아무래도 사기꾼이었던 게 틀림없어.'

그렇게 몇 주가 흘렀다. 톰은 새로운 인생이 베푸는 리듬에 익숙해졌다. 핑카를 개축하는 작업은 착착 진행되었다. 심지어 톰은 핑카가 점차 아름다운 꽃처럼 피어나는 모습에 나름의 자부심을 느꼈다. 다만 현관문 위에 걸린 계약서만이 항상 이 일은 그에게 생명력을 불어넣어주는 진정한 꿈이 아님을 상기시켰다.

'아마도 이 또한 꿈속에서 만났던 베두인이 말한 시험의 일부가 아닐까?'

톰은 베두인이 언급한 시험의 의미를 정확히 이해하지는 못했지만 이런 의구심이 들었다. 생각을 정리하라는 첫 번째 메시지 역시 곧바로 이해하지는 못하지 않았던가.

'핵심을 깨우치는 것은 무척 어려운 법이지.'

톰은 속으로 이렇게 새기고는 지금 그 순간에 하고 있는 작업에 다시 몰두했다.

톰이 개축 공기의 상당 부분을 성공적으로 소화한 어느 날 저녁, 지주가 와인 한 병을 들고 찾아왔다. 그는 나쁜 사람은 아니었다. 공정할 뿐만 아니라 관대하기도 했다. 반면 톰은 왜 지주가 핑카 이야기만 나오면 완전히 다른 사람이 되는지 궁금했다.

지주와 톰은 테라스에 함께 앉아 하늘을 붉게 물들인 저녁놀을 바라보았다. 두 사람은 아무 말도 하지 않고 와인을 즐겼다. 아름다운 노을이 깃든 풍광은 톰에게 이곳을 처음 찾아왔을 때를 떠올리게 해주었다. 당시 그는 아무런 목적 없이 방황하던 중에 이 지역을 둘러보며 존재의 의미가 무엇인지 답을 찾았다. 이제 그는 당시 맛보았던 자유를, 물론 만족할 정도는 아니지만 그래도 약간의 자유를 느꼈다.

나란히 앉아 마시는 와인이 거의 떨어질 즈음에 톰은 마음을 다져먹고 지주에게 핑카가 그에게 어떤 의미인지 물었다. 지금까지 톰은 일 이외의 다른 것은 물어볼 엄두를 내지 못했다. 지주와 핑카는 뭔가 단단한 연결고리로 서로 엮여 있는 듯해 선뜻 물어보기가 어려웠다. 작은 레스토랑에서 지주가 보였던 반응을 톰은 여전히 기억했다.

"왜 그토록 핑카를 소중히 여기세요?"

와인의 힘을 약간 빌려 용기를 끌어모은 톰이 물었다. 지주는 언젠가는 이런 질문을 받게 되리라고 예상한 사람처럼 표정의 변화가 없었다. 그의 시선은 여전히 눈앞의 풍경에 머물렀고, 입가에는 엷은 미소를 머금었다.

"그건 한때 내 꿈이었으니까."

지주는 계곡 쪽을 바라보며 말했다. 이윽고 그는 톰에게 자신의 이야기를 들려주기 시작했다. 양 치는 목자인 아버지를 둔 가난한 출신의 그가 어떻게 해서 대규모 토지를 소유한 지주로 성장했는지, 그리고 이곳 언덕 위에서 성공을 만끽하기도 전에 어쩌다가 모든 것을 잃고 말았는지 허심탄회하게 털어놓았다.

이야기를 마친 지주는 모든 것을 잃어버린 이후 오랜 세월 자신의 가슴을 짓눌렀던 짐을 내려놓은 듯한 홀가분한 표정을 지었다. 이제껏 그는 누구와도 이런 이야기를 해본 적이 없었다. 그러나 청년은 이 계곡 출신이 아닌 이방인이었다. 청년은 땅에서 솟거나 하늘에서 떨어진 것처럼 돌연 나타났다. 그리고 그의 출현과 더불어 자신의 낡은 핑카는 새로운 생명력을 얻었다. 청년은 그가 오랜 세월 침묵으로 한사코 덮어두었던 것, 하지만 결코 잊을 수는 없었던 진실을 일깨워주기도 했다. 너의 꿈은 깨져버렸다는 진실을!

이 깨달음은 꿈을 좇기는 했지만 결국 꿈이 실현되도록 힘을 발휘하지 못한 사람, 결국 자신이 그런 사람 가운데 한 명이라는 사실을 받아들이게 하는 통찰의 결과물이었다. 꿈을 실현시키지 못한 그는 꿈을 향한 의지를 여전히 가졌는지 밝히려는 중대한 시험과 맞닥뜨렸지만, 그 시험을 이겨내지 못했다. 마지막 결정적인 순간에 힘을 발휘하지 못한 것이다. 더는 힘을 발휘할 의지가 없었을 수도 있다.

지주는 경제위기가 끝나고 회복의 기회가 주어졌음에도 다시 처음부터 시작할 수 없었다. 자신에게는 힘이 더 남아 있지 않음을 알았기 때문이다. 그래서 핑카만큼은 더 지키고 싶었는지 모른다. 과거를 떨쳐버리지 못하고 그 과거 아래 맷돌로 갈리는 것처럼 속절없이 늙고 쇠락해가던 그는 자신의 인생을 떠받드는 마지막 기반인 핑카만큼은 놓고 싶지 않았다.

"그래도 선생님의 꿈은 이제 곧 있으면 이뤄지잖아요."

톰은 밝은 표정으로 이렇게 말하며 손으로 핑카를 가리켰다. 핑카는 꽃봉오리가 벌어지듯 서서히 그 자태를 드러내고 있었다. 하지만 지주는 진지하기는 하지만 약간 지친 표정으로 대답했다.

"아니, 이 꿈은 이제 자네 것이지. 내 꿈과 자네 꿈은 완전히 달라."

톰은 해몽가 노인이 산상에서 다른 사람의 꿈을 좇지 말아야 한다고 했던 말을 떠올렸다.

"꿈은 애매하지. 우리가 평생 자신을 속이고 살 수 있는 것처럼 꿈 역시 우리를 속일 수 있어."

말을 마친 지주는 약간 뜸을 들인 뒤 이렇게 덧붙였다.

"평생 나를 이끌어온 것은 남들보다 내가 더 뛰어나다는 것을 확인받으려는 욕심이었어. 내 꿈은 그걸 보여주었지. 나는 아버지가 양 떼를 풀어 키우던 들판을 가지고 싶었다네. 어려서 부럽게만 바라보던 부잣집 아이들을 뛰어넘고 싶었어. 그러나 결국 부를 쌓기 위해 매달려왔던 나의 길은 잘못된 것이었음이 드러났지."

톰은 어쩐지 더 늙어 보이는 지주의 얼굴을 물끄러미 바라보았다. 혹시 나도 잘못된 길을 가고 있는 건 아닐까? 아버지의 죽음에 직면해 어린 시절의 그리운 기억만을 떠올리며 무난하고 평탄했던 삶을 포기하고 이곳에 온 게 아닌가? 혹시 이것도 에움길일까?

그러나 톰은 여전히 자신이 여행의 출발점에 서 있다고 느꼈다. 그는 지주처럼 늙지도 피곤하지도 않았다. 자신의 꿈을 실현할 힘과 의지는 충분했다.

한동안 지주의 얼굴을 물끄러미 바라보던 톰이 질문했다.

"그럼 선생님의 꿈은 무엇인가요?"

지주는 침착하게 마치 인생을 마무리하는 사람과 같은 눈빛으로 톰의 두 눈을 바라보았다.

"나는 진짜 내 꿈이 무엇인지 알아보려 하지 않았네."

이후 두 사람은 오랫동안 침묵했다.

와인을 다 마신 것을 확인한 지주가 자리에서 일어나자 톰은 그에게 저녁 시간을 함께 보내주어 고맙다고 인사했다. 그러면서 그가 자신의 첫 질문에 대답하지 않은 것을 떠올렸다.

"하지만 핑카가 선생님의 진정한 꿈이 아니라면서 왜 핑카를 그처럼 소중히 여기고 되살리고 싶어 하죠?"

지주는 답을 하기 전에 톰의 얼굴을 찬찬히 살폈다.

"인생에서 잘못된 꿈을 따라다닌 결과라고나 할까. 채워지지 않는 꿈과 계속 살아가는 것보다 꿈을 버리는 게 훨씬 더 어렵다네. 핑카는 인생을 계속 살아가도록 나를 붙들어주지. 나에게 남은 마지막 시간을 지켜주는 것이 핑카라고 할 수 있어. 그 보답으로 나도 핑카에게 언젠가 다시 활짝 피어날 희망을 주고 싶었네. 내가 인생을 지탱하기 위해 핑카를 필요로 하듯, 핑카는 나를 필요로 하니까."

걸음을 옮기면서 지주는 이렇게 덧붙였다.

"물론 핑카가 다시 새롭게 피어나는 걸 지켜보는 게 기쁜 일이긴 하지. 지금 이 순간 온전히 일에 집중하면서 자네가 기쁨을 느끼는 것과 마찬가지로."

이날 저녁 톰은 현관문 위에 걸어두었던 계약서 액자를 떼어냈다. 자신의 인생을 잘못된 꿈과 맞물리게 하고 싶지 않았다. 그는 이제 곧 모든 것을 훌훌 털어버리고 자신의 여행을 다시 계속하리라.

16

 톰이 침대에 누워 막 잠을 청하려던 찰나, 현관문을 두드리는 소리가 났다. 아무래도 지주가 되돌아온 듯했다. 무슨 할 말이 남은 게 틀림없었다. 늦은 시간인데도 불구하고 돌아와서 다시 불러내는 것으로 봐서 길을 가다가 어떤 중요한 생각이 떠오른 게 아닐까.

 톰은 수개월 전 이른 아침에 현관문을 쾅쾅 두드리는 소리에 악몽에서 깨어났던 기억을 떠올렸다. 그런데 이번의 노크 소리는 조심스러워하는 게 느껴질 정도로 공손했다. 마치 깊은 잠이 들었다면 깨우지 않으려는 것처럼 신중함이 묻어났다. 톰은 자신이 새롭게 꾸민 거실을 지나 현관문으로 가면서 사람이 서로 가까워지면 이렇게 달라지나 하고 생각했다. 잘 모를 때는 쾅쾅 두들겨대고, 이제 친해지니 이리도 신중한 건가 싶었다.

톰은 미소를 지었다. 서로 잘 몰랐던 지난날의 지주는 다짜고짜 화를 냈다. 그때는 당장이라도 문을 박차고 들어올 기세였다. 그런데 지금의 노크 소리는 전혀 다른 사람이라고 할 정도로 조심스러웠다. 배려심이 많고 신중한 소리는 톰을 깨울까 봐 걱정하는 것처럼 들렸다.

그러나 문을 두드린 사람은 지주가 아니었다. 문을 연 톰은 전혀 예상하지 못한 상황에 깜짝 놀랐다. 그리고 자신의 눈을 의심했다. 문 앞에 선 사람은 다름 아닌 해몽가 노인이었다. 노인은 밝은 미소로 톰에게 인사를 건넸다.

"바깥에 이렇게 계속 세워만 둘 건가요? 당신은 내심 나를 무척 기다렸을 텐데요."

노인은 이렇게 말하며 이미 한 발을 현관 안으로 들여놓았다.

"흠, 아름다운 집을 구했군요."

노인은 거실로 들어가 단출해서 오히려 아늑한 소파에 편안한 자세로 앉았다.

"따뜻한 차를 좀 마시고 싶군요."

노인은 자리를 잡자마자 곧장 이렇게 말했다. 톰은 무어라 말해야 좋을지 몰라 난처한 표정을 지었다. 그러나 어차피 잠들기는 틀렸으니 노인에게 차 한잔 대접해도 좋겠다고 생각하고는 주방으로 가서 찻물을 끓였다.

잠시 후 찻잔을 쟁반에 받쳐 거실로 돌아온 그는 벽난로에서 활활 타오르는 불꽃을 보고 깜짝 놀랐다. 벽난로는 아직 수리하지도 않았는데 이상한 일이었다.

톰은 노인 옆에 자리를 잡고 앉아 말없이 차를 권했다. 한동안 침묵을 지킨 끝에 노인이 먼저 입을 열었다.

"당신은 첫 번째 시험을 통과하고 두 번째 시험을 맞닥뜨렸어요. 그런데 그 사실을 아직 모르고 있는 거 같군요."

톰은 그게 무슨 말인가 싶어서 눈을 동그랗게 떴다. 노인에게 두 번째 꿈 이야기는 하지도 않았는데….

"제 생각엔 아직 첫 시험을 통과하지 못한 것 같은데요."

톰은 이렇게 반론했다. 속으론 다시 노인이 정말 꿈풀이를 할 줄 아는지 의심이 들었다. 노인은 그저 대가를 받아내고 싶어서 톰이 어디 있는지 알아내고 기를 쓰고 찾아온 게 틀림없었다. 아니면 네판테 사람들 역시 노인을 수상쩍게 여기고 거기서 쫓아낸 게 아닐까. 그래서 예전에 꿈풀이를 해준 사람들을 일일이 찾아다니며 돈을 받아내려는 모양이다. 그 순간 톰은 노인이 어떤 큰 사기꾼 조직의 일원이 아닐까 하는 생각까지 들었다. 노인 혼자라면 얼마든지 상대할 수 있지만, 만약 무리를 이끌고 왔고, 남자들이 바깥에서 기다린다면 어떻게 해야 할까. 톰은 머릿속이 복잡해졌다.

'노인은 내가 이곳에 돈을 감춰놓은 게 아닌지 염탐하려 온 게 아닐까? 돈이 있는 곳을 알아내면 바깥에 있는 무리들과 함께 나를 덮치려는 걸까? 아니면 여전히 내 에메랄드를 노리나?'

톰은 침대에서 나올 때 상자를 침대 옆에 두고 온 것을 떠올리고 가슴이 덜컹 내려앉았다. 아무래도 노인은 차를 마시며 톰의 주의를 끌고, 그사이 누군가 집 뒷문으로 침입해 에메랄드를 훔칠 거 같았다.

노인은 톰이 무슨 생각을 하는지 고스란히 읽어내고 인자한 미소를 지으며 이렇게 말했다.

"당신이 생각을 정리하는 시험을 통과하지 못한 건 맞아요. 그 시험은 당신을 악몽으로 이끌었을 뿐이죠."

다시 침실로 들어가 상자를 챙기기 위해 적당한 구실을 궁리하던 톰은 노인의 말에 흠칫 놀랐다. 노인이 어떻게 자신의 악몽을 알았을까 싶어 당황한 나머지 안색이 창백해졌다. 그런 톰을 노인은 재미있다는 표정으로 바라보았다. 톰이 꼬리를 무는 생각으로 혼란에 빠지기 전에 노인이 계속해서 말했다.

"생각이 당신을 두려움과 충격에 빠뜨리는 경우가 잦은 것처럼, 그것은 당신을 악몽으로 이끌기도 하죠. 그런 생각 자체가 얼마나 인생을 지치게 만드는지 당신은 눈여겨봤어야 해요. 지금 이 순간 당신이 그토록 아끼는 보석을 도난당하는 것은 아닐까 두려워하듯 말이죠."

톰은 놀라서 벌어진 입을 다물지 못하고 노인을 바라보았다. 저 사람은 정말 남의 생각을 읽을 줄 아는 건가? 톰은 생각을 들킨 것에 얼굴이 붉어졌다.

"괜찮아요."

지혜로운 노인이 말했다.

"나는 상대의 생각을 가려 읽는 일에 익숙해 있으니까요. 시간의 흐름과 함께 나를 향한 터무니없는 오해를 다룰 줄 아는 법도 알아요. 그런 오해도 따지고 보면 생각을 읽을 줄 아는 나의 재능 탓에 치러야 하는 대가랄까요."

톰은 무어라 말해야 좋을지 몰라 어안이 벙벙했다. 부끄럽고 민망했다. 하지만 곰곰 생각해보니 노인이 악의를 가졌을 거라고 무턱대고 오해한 경우가 적지 않았다.

"물론 내가 꿈풀이 대가를 받으러 온 건 맞아요."

노인은 씩 웃으며 말했다.

"그러나 그전에 당신은 두 번의 시험을 더 통과해야만 합니다. 바로 그래서 당신이 가장 최근에 꾼 꿈을 내가 풀이해야 하고요. 그런 다음에만 당신은 여행을 계속할 수 있으니까요.

그게 내가 이곳을 찾아온 이유죠."

톰은 노인의 말이 옳다는 것을 깨달았다. 핑카를 개축하는 일에 몰입하면서 많은 잡념을 떨치게 된 것은 사실이다. 그러나 최근 들어 한 가지 생각만큼은 떨쳐낼 수 없었다. 도대체 그 악몽은 무엇을 뜻할까? 왜 꿈을 따른다고 믿었는데 자신은 여전히 어디로 나아가야 할지 모른 채 마치 미로 속을 헤매는 것처럼 막막하기만 할까?

"그게 에움길이에요."

노인이 묻지도 않았는데 불쑥 말했다.

"나 역시 인생을 살면서 목표에 이르기 위해 에움길을 가야 할 때가 많았어요."

노인이 온화한 목소리로 덧붙였다. 톰은 노인의 얼굴을 보았다. 그리고 약간 힐난조로 물었다.

"에움길로 오느라 저를 찾아오는 데도 그처럼 뜸을 들이셨나요?"

순간 악몽을 꾸고 깨어났던 아침을 떠올렸다. 그때 톰은 현관 앞에 노인이 서 있지 않을까 기대했었다. 그때 노인이 찾아와 꿈풀이를 해주었더라면 훨씬 덜 고통스러웠을 텐데….

"당신에게도 시간이 필요했어요. 내가 너무 일찍 찾아와서는 안 되죠."

노인은 예의 그 차분한 목소리로 말했다. 톰은 미심쩍다는 표정으로 노인을 보았다.

'저 노인은 상대방이 하는 말을 교묘하게 비틀어 자신에게 유리하게 쓸 줄 아는군.'

이렇게 생각하던 톰은 아차 싶었다. 노인의 얼굴에 피어오른 미소를 보며 그가 방금 그 생각도 읽었다는 걸 알았기 때문이다.

"아무튼 우리 거래는 유효한 건가요?"

노인이 톰의 안색을 살피며 물었다.

"예, 그럼요. 거래는 여전히 유효합니다."

톰은 자신의 여행이 끝날 때 노인이 요구하는 게 무엇이든 대가로 주겠다고 한 합의를 인정했다.

'지금 보석을 생각해서는 안 돼.'

톰은 속으로 이렇게 다짐했다. 그러나 노인에게 생각을 읽히는 게 아닐까 하는 걱정 같은 건 할 새가 없었다. 곧바로 노인이 톰에게 벽난로의 불꽃을 가리키며 무엇이 떠오르냐고 물었기 때문이다.

"뭐가 보이는지 말해보세요."

노인은 진지한 표정이었다. 톰은 무어라 답해야 좋을지 잠깐 고민하고는 가장 먼저 떠오른 것을 말했다.

"모든 것이 불에 타는군요."

노인은 빙그레 웃었다.

"그 답은 고정관념이 당신에게 심어준 것이죠. 다시 불을 보세요. 저 벽난로를 당신이 직접 만든 것이라 생각하고 한번 봐요. 그런 다음 무엇이 보이는지 나에게 말해주세요."

톰은 잠깐 얼이 나간 사람처럼 멍한 표정을 지었다. 그는 고정관념과 관련해 겪은 그동안의 경험을 더듬어보다가 불현듯 어떤 장면 하나를 떠올렸다. 자신이 벽난로 앞에 앉아 그것을 수리하는 장면이 눈앞에 선명하게 그려졌다. 정신이 그려내는 그 장면에서 그는 마침내 벽난로에 불을 지피고 타오르는 불꽃을 가만히 바라보았다. 불꽃을 지켜보며 톰은 마치 최면에 걸린 사람처럼 노인에게 말했다.

"지금 이 순간이 느껴집니다. 영원은 바로 이 순간들이 모여 이뤄진다는 걸 깨달아요. 이 순간은 나에게 잔잔한 기쁨과 평화를 베풀어줍니다."

노인은 만족한 표정으로 고개를 끄덕였다.

"당신이 이곳에 온 이후 핑카와 함께한 모든 순간순간에도 그와 같은 평화를 느꼈을 겁니다."

노인이 톰에게 말했다.

그 말을 듣는 순간 톰은 그동안 자신이 간절히 탐색했고 이곳 핑카에서 찾아낸 것이 바로 어린 시절 자신이 맛보았던 충만한 기쁨임을 깨달았다. 드디어 톰은 자신이 그토록 갈구해온 것이 그저 이곳 핑카에서 안락하게 살아가는 게 아니라, 그런 충만한 순간을 포착하는 법을 배우는 것임을 깨달았다.

'어린아이는 시간이라는 것을 모른다. 매 순간이 새롭고 신기해서 시간 가는 줄 모르고 뛰놀던 어린 시절의 그 순수함을 되찾을 순 없을까. 어른이 되어 고정관념에 갇혀 어제와 다를 바 없는 오늘을 살아가는 타성의 삶에서 우리는 벗어나야만 한다.'

톰은 인생의 의미를 탐색하는 데 진전이 있으려면 순간순간에 몰입해야 한다는 것을 다시 새겼다. 자신이 누구인지도 깨끗이 잊어버리고 몰입할 수 있는 순간, 시간 가는 게 전혀 느껴지지 않는 그런 순간이야말로 막막하고 어두컴컴한 숲에서 빠져나갈 수 있게 도와주는 빵가루 같은 게 아닐까.

노인은 생각에 잠긴 톰을 보며 만족스러운 미소를 지었다.

"이미 말했듯, 당신은 첫 시험을 거뜬히 통과했습니다."

노인은 남은 찻물을 벽난로 속에 끼얹어 불을 껐다.

"이제 잠자리에 들도록 하세요. 당신의 다음 꿈이 내가 무슨 말을 한 것인지 말해줄 거예요. 이제 두 번째 시험이 당신을 기다리고 있습니다."

노인은 불이 꺼진 벽난로 앞에 앉아 그 안에서 들려오는 나직한 속삭임에 귀를 기울였다. 침대에 누운 톰은 점차 눈꺼풀이 무거워지는 걸 느끼며 다시금 악몽을 떠올렸다. 생각이 저 까마득한 낭떠러지의 심연으로 자신을 추락하게 만들 뻔한 바로 그 지점에서 톰은 깊은 잠에 빠졌다.

17

"지금 바로 이 순간이 모든 걸 결정한다."

알라 킨은 이렇게 중얼거렸다.

"지금 이 순간을 버티지 못한다면 저 아래로 추락할 테지."

그는 나귀가 간신히 버티고 선 낭떠러지 위 험로에서 저 아래 바닥을 내려다보았다. 자신과 저 심연을 가르는 것은 불과 몇 미터였다.

오로지 이 순간뿐이다. 이 생각과 더불어 어떤 기억이 알라 킨을 엄습했다. 생각에 잠긴 그는 돌연 어떤 새로운 깨달음을 얻었다. 기억은 천천히, 가벼운 바람처럼 알라 킨을 살포시 감쌌다. 중요한 것은 오로지 이 순간일 뿐이다. 자신이 주목해야 하는 것은 이 순간이었다. 온갖 사념이 들끓었지만, 오히려 알라 킨의 심장은 갈수록 차분해졌다.

그 순간 시야가 탁 트이고 오로지 이 순간만 존재한다는 게 선명해졌다. 다른 모든 것은 의미가 없었다. 마치 누군가 귀띔 해주는 것만 같다고 그는 생각했다. 길이 툭 끊어지지도, 그 길 끝에서 입을 벌린 심연으로 추락하는 일도 벌어지지 않으 리라는 것을 갈수록 더 분명하게 의식하면서 알라 킨의 흥분 은 가라앉았다.

과거의 일을 다시 생생하게 만들거나, 오지도 않은 미래를 예상하고 염려하게 만드는 것은 오로지 '생각'이었다. 알라 킨 은 순간에 충실해야 한다는 오래된 진리를 마침내 떠올렸다. 마음에 평화가 깃들면서 무엇인가 그로 하여금 나귀에 올라타 고 있음을 느끼게 해주었다. 그는 나귀에게 사랑을 느끼는 자 신을 발견했다. 이런 감정이 어디서 비롯되었는지는 몰라도 중요한 것은 바로 지금 이 순간 사랑이라는 감정을 느낀다는 사실이었다. 나귀 등에 올라탄 지금 이 순간에 이르기까지 그 모든 어려움을 이겨내고 함께 달려와준 나귀가 알라 킨은 고 맙고 사랑스러웠다.

그는 나귀의 등을 쓰다듬었다. 나귀가 어떻게 느끼는지 고 스란히 전해졌고, 그의 심장이 뜨거워지는 전율을 함께 맛보 았다. 그 순간 협곡과 심연, 두려움과 경계심이 깨끗이 사라졌다. 이 완벽한 순간에 알라 킨은 거울에 비친 모습을 보듯, 나귀 위에 침착하게 올라타 행복한 미소를 짓는 자신을 발견했다. 그러나 놀랍게도 그 장면의 주인공은 어린 소년이었다. 그는 거울에 비춰진 장면이 나귀를 탄 소년을 보고 있는 자신임을 깨달았다. 그러나 장면은 소실점을 향해 작아져가는 영상처럼 점차 해체되었고, 알라 킨은 자신이 사막에 홀로 덩그러니 남은 것을 발견했다.

"드디어 교훈을 깨우쳤군요."

인 라케치가 그를 보며 미소를 지었다. 거울이 놓인 탁자 앞에 앉은 알라 킨은 의아한 표정으로 베두인 남자를 보았다. 이 모든 것이 무얼 의미하느냐는 물음을 인 라케치는 미리 읽어내기라도 한 것처럼 이렇게 말했다.

"모든 것을 설명해주겠습니다."

18

노인은 여전히 벽난로 앞에 앉아 있었다. 불길은 오래전에 꺼졌다. 그는 남은 불씨가 타닥거리며 내는 소리에 귀를 기울였다. 이 소리는 마치 벽난로에서 울려 나오는 과거의 여운처럼 들렸다. 이런 소리를 가려들을 수 있는 사람은 거의 없다. 그러나 노인은 불꽃의 언어를, 심지어 불꽃이 침묵할지라도 그 언어를 알아들을 수 있었다.

노인에게는 그 소리가 자신이 청년과 나눈 대화처럼 들렸다. 그러나 불이 타고 남긴 재, 사막처럼 침묵하는 잿더미에서 청년에게 말을 거는 사람은 노인이 아니라 베두인 남자였다. 베두인은 청년에게 꼬리에 꼬리를 무는 생각에서 벗어나 마음의 평화를 누리게 해주는 것은 '순간'이라고 설명했다. 자신이

처한 순간에 충실하게 몰입하는 것이 세상의 풍파로부터 인간을 지켜준다고도 했다.

'무기나 보호막, 또는 사악함을 막아주는 마법의 주문처럼.'

노인은 만족스런 표정으로 벽난로 안에 쌓인 재를 바라보았다. 그는 마치 언덕을 이룬 것만 같은 잿더미에서 톰이 말한 사막을 보는 것처럼 감회 서린 표정을 지었다. 이제 청년은 첫 깨달음을 얻었다. 몰입이 그를 아무 쓸모없는 잡념으로부터 해방시켰다. 지금 이 순간을 벗어난 모든 것은 그저 환상에 불과하다는 깨달음이 톰을 협곡에 추락하는 것으로부터, 그리고 심지어 죽음으로부터 구해주었다.

노인은 바로 옆 침실에서 톰이 침대에 누워 뒤척이는 소리를 들었다. 두 번째 시험도 분명 첫 번째 시험처럼 쉽지는 않으리라.

19

"순간을 믿어야 해요. 순간은 실재하는 유일한 것이니까. 순간을 온몸으로 느끼며 현재에 충실할 때 당신에게 나쁜 일은 절대 일어나지 않아요. 오히려 우리가 매번 품는 상념이 환상이라는 것을 깨달을 겁니다. 상념은 이미 오래전에 지나간 것에 집착하게 만들고, 아직 오지도 않은 미래를 보여주지요. 존재의 의미를 탐색하는 데 진전이 있기를 원한다면, 당신은 순간에 충실해야만 합니다."

베두인은 이렇게 설명했다. 이제 알라 킨은 어떻게 자신이 저 죽음의 추락으로부터 벗어날 수 있었는지, 무엇이 저 상념의 거울에서 그를 다시 사막으로, 인 라케치에게로 되돌려놓았는지 이해했다.

알라 킨은 의미심장한 통찰을 얻었다. 하지만 그는 이 깨달음이 자신을 이곳으로 이끈 물음의 궁극적인 답이 아니라는 점도 잘 알았다.

"순간을 의식하고 거기에 집중한다 한들, 존재의 의미를 찾을 수 있을까요?"

톰은 여전히 미심쩍다는 투로 물었다.

"흠….."

인 라케치는 차분하면서 부드러운 목소리로 대답했다.

"그건 두 번째 시험이 되겠군요."

알라 킨은 궁금한 게 많았다. 그러나 다시 눈을 들었을 때 인 라케치는 어디론가 사라지고 흔적도 찾을 수 없었다. 인 라케치가 앉았던 자리에는 오로지 야자나무만이 약간의 그늘을 만들어주고 있었다.

"인 라케치!"

알라 킨은 모든 힘을 쥐어짜 광활한 사막에 대고 외쳐 불렀다.

"어디 계세요? 내가 무얼 해야 하죠? 나의 두 번째 시험은 무엇인가요?"

그러나 어디에서도 답은 들려오지 않았다.

야자나무 그늘 아래서 알라 킨은 홀로 낙담한 채 사막만 뚫어져라 바라보았다. 인생의 중요한 지혜를 깨우쳤다는 느낌은 여전히 생생했다. 과거를 후회하거나 미래를 근심하는 생각으로부터 벗어나 지금 이 순간을 살아야만 한다. 이것이 존재의 의미를 탐색하러 나선 알라 킨이 뗀 첫걸음이었다. 그러나 이제 어떻게 해야 하는가? 그냥 여기 앉아 이 순간에만 집중하라고? 이게 두 번째 시험인가? 알라 킨은 이것이 본격적인 시험은 아닐 것이라 생각했다. 인 라케치는 내면의 목소리를, 이 목소리가 무어라 말하든 귀담아들으라고 하지 않았던가?

"이제 어쩐다?"

알라 킨은 난처한 표정을 지었다.

"빠져나갈 길을 스스로 찾아야 할까? 이것이 사막에 홀로 버려진 사람이 풀어야 할 시험일까?"

알라 킨은 난감했다. 그는 집중하려고 했다. 내면에서 무슨 소리가 들려오는지 귀를 기울였지만 아무 소리도 들리지 않았다. 한동안 그는 야자나무 그늘에 앉아 어찌하면 좋을지 번민했다. 그러다 보니 배고픔과 갈증이 느껴졌다. 생각해보니 오랫동안 마시지도 먹지도 않았다.

'이대로라면 이 밤을 넘기기 힘들 텐데….'

그러다 흠칫 놀라 자세를 고쳐 잡았다. 그는 다시 상념에 끌려 다녀서는 안 된다고 다짐했다. 생각에 끌려 다니지 않으려는 게 무척 힘들기는 했지만, 그는 정신력으로 버텼다. 배고픔은 그냥 받아들였다. 목마름도 감내하기로 했다. 어떤 미래가 다가올지 자꾸 근심하게 만드는 잡념을 떨치며 그는 오롯이 이 순간에 몰입하려고 노력했다. 그렇게 사막의 야자나무 아래에서 알라 킨은 순간에 집중하고 또 집중했다. 피로가 엄습하는 것도 알아차리지 못했다. 그러다가 어느 순간 마침내 잠이 들었다.

"이제 출발할 때가 됐어."

그는 다시 이런 소리를 들었다. 목소리는 꿈속에서 들었던 것처럼 친숙했다. 알라 킨은 두 눈을 뜨고 주변을 둘러보았다. 어디서 난 소리인지 살폈지만 사방에 사람의 흔적이라고는 보이지 않았다.

"이제 출발할 때가 됐어."

다시 소리가 들렸다. 알라 킨은 고개를 들어 위를 보았다. 거기에 뭔가 있었다. 그런데 어떻게 목소리는 바짝 마주 앉은 사람의 것처럼 은근할까?

알라 킨의 앞에 나귀가 서서 그를 친근하게 굽어보고 있었다.

"도대체 넌 어디서 나타난 거야?"

알라 킨은 모래 위에 아무런 자국이 없는 것을 보고 의아해서 물었다. 하지만 그는 나귀가 등에 식량과 물을 지고 있는 것을 보고 질문 같은 건 깨끗이 잊었다. 배고픔과 갈증이 그를 순식간에 사로잡았다. 그는 나귀에게 달려들어 먼저 안장에서 물부터 꺼내 마셨다.

"우린 지금 떠나야 해."

알라 킨은 다시 이런 음성을 들었다. 놀란 나머지 하마터면 물을 떨어뜨릴 뻔했다. 돌아섰지만 아무도 없었다. 사방을 둘러봐도 사람은 그림자도 보이지 않았다. 그는 다시 천천히 돌아서서 나귀를 보았다.

"이제 갈까?"

알라 킨은 또 이런 소리를 들었다. 그는 나귀의 눈을 깊숙이 들여다보았다. 나귀에게서 뭔가 특별한 점을 발견하지는 못했지만, 아까부터 들리는 말소리가 혹시 나귀가 낸 것이 아닐까 의혹을 가진 것이다.

"어디로 가야 하는데?"

알라 킨이 반문했다.

대답은 없었다. 아무래도 환청이 들렸던 걸까.

'하지만 지금 내가 어딘가로 출발해야 한다는 것만큼은 분명한 사실이야.'

알라 킨은 차분하자고 자신에게 다짐했다.

'이제는 나귀와 약간의 식량이 있으니 사막을 건너는 모험을 감행해도 좋지 않을까? 그럼 그 어딘가에서 내가 지금 찾고 있는 것을 발견할 수 있으리라. 그게 무엇인지는 아직 모른다 할지라도. 어쨌거나 이 야자나무 아래서 빈둥거리는 것이 이 시험의 의미일 수는 없으니까.'

이 다짐과 함께 알라 킨은 나귀에 올라타고 길을 출발했다.

"마침내 출발했군."

그는 다시 음성을 들었다. 이번에는 주위를 돌아보려 하지 않고 알라 킨은 어깨만 으쓱했다. 그러면서 찬찬히 나귀를 살피며 대체 이 목소리가 어디서 나는 것일까 자문했다. 나귀가 말을 할 리는 없을 테고… 아니면 혹시 내면에서 들리는 목소리일까?

"그런데 어디로 가야 할까?"

또 목소리가 들려왔다. 알라 킨은 자신에게 말을 거는 게 나귀라고 생각하기로 했다. 물론 겉보기로 나귀가 말을 한다는 낌새는 어디에도 없었지만.

'그래도 혼잣말하는 것보다야 나으니까.'

알라 킨은 마음의 여유를 되찾았다.

'그래, 나귀가 나한테 말을 거는 걸로 하자.'

알라 킨은 나귀를 타고 어느 방향으로 가야 할지 잠깐 망설였다.

"우리가 어디로 갈지는 네가 결정해."

그는 나귀를 향해 이렇게 말하며 고삐를 흔들어 어디로든 원하는 곳으로 가라는 신호를 주었다.

이렇게 해서 알라 킨은 끝없이 펼쳐진 사막을 나귀를 타고 터덜거리며 나아갔다. 자신이 본래 무엇을 찾는지 알지 못했기 때문에 어느 방향으로 나아가야 할지도 몰랐다. 그저 나귀가 택하는 방향을 따라 태양 아래 모래 위를 끝도 없이 방랑했다. 그렇게 사막을 헤매는 동안 묘하게도 햇볕은 온화하면서도 편안한 느낌을 주었다.

"곧 저녁이야."

다시 목소리가 들렸다. 알라 킨은 해가 이미 오래전에 기울기 시작한 것을 전혀 알아차리지 못했다.

"어둠이 깃들기 전에 야영지를 마련해야 할 거야."

이런 소리를 들으며 알라 킨은 나귀에게 속삭였다.

"네 말이 옳아."

"목적지에는 도착한 건가?"

목소리가 물었다. 알라 킨은 무어라 답해야 좋을지 몰라 입을 다물었다. 그는 자신이 무얼 찾고 있는지, 정말 찾을 수는 있을지 전혀 몰랐다. 베두인 남자는 사라졌으며, 나귀와 기묘한 목소리만이 그에게 남았다.

'대체 우리가 무얼 찾는 거지?'

알라 킨은 난감해하며 마음속으로 나귀에게 물었다.

"우리가 무엇을 찾는지 적어도 너는 나에게 말해줄 수 있지 않니?"

그는 나귀에게 나직하게 도움을 청했다. 하지만 정적만 이어졌다. 나귀가 고민하는 걸까? 나귀가 정말 생각을 하는 건지 알라 킨이 살펴려는데 갑자기 소리가 또 들렸다.

"네가 모르는데 내가 그걸 어떻게 알겠어?"

이 길에서는 도무지 답을 얻을 수가 없다는 사실에 낙담한 알라 킨은 나귀를 멈춰 세웠다.

'*좋아, 일단 이 밤을 보낼 야영지부터 마련하자.*'

그는 이렇게 결심하고 야영을 준비했다. 해는 이제 지평선에 걸렸다. 아직은 따뜻하고 편안하지만 서서히 냉기가 사막에 몰려올 것이다. 알라 킨은 남은 식량 가운데 약간을 나귀에게 나누어주고 자신도 끼니를 해결했다. 그러고는 해가 지평선 뒤로 천천히 사라져가는 것을 확인하고 불을 피웠다.

'*대체 무얼 찾아야 할까?*'

그는 다시 의문을 품었다. 그러나 이미 몇백 번은 이 물음을 던졌을 것이다. 알라 킨은 묵직한 피로가 덮치는 걸 느꼈고, 어둠이 드리우자마자 깊은 잠에 빠졌다.

다음 날 아침 깨어난 알라 킨은 하늘에 떠 있는 말간 해를 보았다. 해는 이미 높이 떠올랐지만, 그가 잠을 잤던 곳은 아직 쾌적할 정도로 시원했다.

알라 킨은 자신이 있는 자리가 어젯밤 불을 피웠던 그곳이 아님을 깨닫고 깜짝 놀랐다. 자리를 박차고 일어나 주위를 둘러보았으나 나귀도 어디로 갔는지 보이지 않았다. 그는 바닥에 길게 드리운 그림자를 보는 순간 솟구치는 두려움을 간신히 다스렸다. 첫 번째 시험에서 얻은 깨달음이 없었다면 이런 다스림은 가능하지 않았으리라.

사막에 해가 높다랗게 떠 있음에도 누운 자리가 쾌적할 정도로 시원한 원인은 바로 이 그림자였다. 기다란 그림자를 만든 것이 무엇인지 뒤를 돌아본 알라 킨은 야자나무를 발견하고 그야말로 턱이 빠질 정도로 놀랐다.

'아니, 이 야자나무는 어제 내가 나귀를 타고 출발한 곳에서 있던 나무잖아?'

정말 같은 야자나무인지 의문을 품기도 전에 알라 킨은 그를 향한 목소리를 들었다.

"이제 출발할 때가 됐어."

알라 킨은 얼른 돌아섰다.

'아니, 언제 돌아온 거지?'

나귀가 그의 앞에 서 있었다. 그러나 전날 저녁과는 뭔가 달랐다. 알라 킨의 예리한 눈이 식량이 담긴 자루와 물주머니에 가닿았다. 식량과 물은 전날 아침처럼 가득 채워져 있었다.

"이제 출발하자."

그는 다시 목소리를 들었다.

'새로운 길을 찾아야 한단 말인가? 좋아. 그러지, 뭐. 참 묘한 일이 계속 일어나는군.'

알라 킨은 속으로 이렇게 생각했다.

'아마도 어제는 잘못된 길을 골랐나 봐.'

그는 나귀에 올라타 고삐를 그러쥐며 어제와는 반대의 방향을 골랐다.

"이번에는 내가 정할게."

그는 나귀에게 이렇게 속삭였다. 그러자 놀랍게도 이런 화답이 돌아왔다.

"어디로 가고 싶은지 네가 알기만 한다면…"

이렇게 해서 알라 킨과 나귀는 두 번째 방랑을 떠나고, 세 번째 방랑을 떠났지만, 늘 다음 날 아침에는 같은 야자나무 아래서 깨어났다. 어느 방향으로 출발하든, 저녁에 어디에 야영지를 마련하든, 어디로 갈지 누가 결정을 내리든 상관없이 결과는 늘 같았다. 모든 길은 항상 그를 아침에 출발했던 야자나무 아래로 되돌려놓았다.

알라 킨은 영원이라는 게 이런 느낌일까 하고 탄식했다. 이런 식으로 흘려보낸 시간이 며칠, 몇 달이 아니라 몇 년, 몇십 년인 것만 같았다. 심지어 그는 자신이 폭삭 늙었다는 느낌마저 들었다. 나귀도 늙어 사막의 뜨거운 모래 위로 힘겹게 발걸음을 옮길 따름이었다.

그러다가도 갑자기 어느 때는 다시 젊어진 것처럼 팔팔한 기운을 느꼈다. 알라 킨은 자신과 마찬가지로 팔팔해진 젊은 나귀 위에서 신선함을 만끽했다. 무어라 설명하기 힘든 기묘한 상황, 전혀 자연스럽지 않은 상황에 당혹해하던 알라 킨은 마침내 베두인 남자가 이 사막에는 시간도 공간도 존재하지 않는다고 했던 말을 떠올리며 소름이 끼칠 만큼 충격을 받았다.

이름이 뭐였는지도 도무지 기억나지 않는 베두인 남자와의 만남은 까마득히 먼 과거로만 여겨졌다. 베두인 남자는 알쏭달쏭한 말만 남기고 사라졌다. 대체 이게 무슨 일일까? 베두인이 그때 뭐라고 말했지? 머리를 감싸 안고 고민하던 알라 킨에게 또 목소리가 들렸다.

"그건 두 번째 시험이야."

알라 킨은 이 말이 베두인이 남긴 마지막 말이었음을 떠올렸다. 그런데 이상한 것은 이 목소리가 자신의 것인지, 다른

사람의 것인지, 또는 나귀가 낸 것인지 도무지 알 수 없었다는
점이다.

'뭐야, 대체?'

알라 킨은 답답함에 머리를 쥐어뜯고 싶은 심정이었다. 무
엇이 두 번째 시험일까? 베두인은 여기서 무얼 배우라고 말
한 걸까? 다시 영원에 갇힌 것만 같은 순간이 이어진 끝에 알
라 킨은 마침내 자신이 그동안 놓쳤던 생각이 무엇인지 깨달
았다. 다음 날 아침 야자나무 아래서 깨어난 그는 나귀를 보며
이제 무얼 해야 하는지 알았다.

20

햇살이 톰을 잠에서 깨웠다. 창문을 가린 블라인드 틈새로 천천히 흘러든 햇살이 어두운 침실 안을 흐릿하게 밝혔다. 이미 늦은 오전이었다. 톰은 평소보다 더 오래 잠을 잤다는 것을 알았다. 그는 가장 먼저 자신이 다시 꿈을 꾸었음을 떠올렸다. 해몽가 노인이 예언한 그대로였다.

톰은 이번의 꿈이 무한히 긴 것처럼 느껴진 탓에, 자신이 침대에 영원히 누워 있었던 게 아닐까 하는 의문이 들었다. 노인과 벽난로 앞에 같이 앉아 차를 마셨던 날 이후 숱한 세월이 흘러간 것처럼 느껴졌다.

머릿속이 복잡해진 톰은 침실을 나와 거실로 갔다. 물론 거실에는 노인이 있지 않았다. 벽난로 안에는 재가 쌓여 있었다.

전날 저녁에 피운 흔적이었다. 마치 영원이 흐른 듯한 기묘한 이 느낌은 분명 꿈이 심어준 것이리라. 톰은 차츰 자신이 꿈에서 사막을 헤아릴 수 없이 오갔던 것을 기억했다. 뭔가 간절히 찾아 헤맸지만 무엇을 찾는지조차 몰랐으며, 매일 아침 같은 장소에서 출발했어야만 한다는 점도. 이제 막 무엇을 해야 하는지 깨닫는 찰나 그는 잠에서 깨어났다. 자세히 기억을 떠올리려 했지만 더는 생각나는 것이 없었다.

'어떻게 해야 이 시험을 통과할 수 있을까.'

그는 기분 전환을 위해 커피를 내렸다. 여전히 반백 년은 잠을 잔 것처럼 정신이 몽롱했다. 바깥은 평소와 같은 모습이었다. 현관문 안쪽 위에 걸어두었던 계약서 액자만이 사라졌을 뿐이다.

계약서가 없는 것을 보며 톰은 전날 저녁 지주와 나누었던 대화를 떠올렸다. 그는 지주처럼 잘못된 꿈을 좇고 싶지는 않았다. 그래서 떠오른 더 중요한 물음은 이것이었다.

'무엇이 나의 올바른 꿈일까?'

톰은 베두인이 했던 말을 떠올렸다.

'순간을 믿어야 해요. 순간은 실재하는 유일한 것이니까. 순간을 오롯이 만끽할 때 당신은 길을 올바르게 가고 있는 거예요.'

꿈에서는 이 말이 담은 진의가 무엇인지 확실하게 와닿았다. 그러나 지금 톰은 이 깨달음으로 무얼 어찌해야 좋을지 알 수 없어 답답하기만 했다.

시계를 보니 벌써 정오가 가까웠다. 곧바로 작업을 시작하지 않는다면 오늘 저녁에는 지주에게 어떤 것도 보여줄 수 없을 것이다. 꿈 생각에만 매달려 있기에는 시간이 없었다. 톰은 이제 일을 시작해야 할 때라고 의지를 다졌다. 오늘의 계획은 낡은 분수대를 복구해 다시 작동하게 만드는 것이었다. 그러자면 처리해야 할 일이 만만치 않았다. 해몽가 노인이야 언젠가 때가 되면 제 발로 찾아와 꿈을 풀이해줄 것이라고 그는 낙관했다. 설혹 노인이 찾아오지 않는다 하더라도 꿈의 계시는 저절로 풀리리라.

톰은 한결 여유로워진 자신을 발견했다.

'세상의 일은 집착하지 않고 그저 풀리는 대로 지켜볼 줄 아는 여유를 가질 때 기회를 베푸는 법이지. 이런 마음의 평안과 여유는 네판테에서 경험한 이후 처음으로 맛보는 것이군.'

톰은 기분 좋은 만족감을 느꼈다. 그는 여전히 자신의 침대 옆에 둔 상자 안의 녹색 에메랄드를 생각했다. 몸에 내내 지니지 않고 그곳에 떼어둔 것은 이번이 처음이었다. 이곳 언덕 위 핑카에서 톰은 자신의 귀중한 보물을 잃을까 더 이상 염려할 필요가 없었다.

이런 생각과 동시에 톰은 자신의 내면에서 뭔가 변화가 일어났음을 감지했다. 항상 잃는 게 아닐까, 뭔가 잘못되지는 않을까 근심하던 마음은 어느덧 깨끗이 사라지고, 세계를 있는 그대로 볼 줄 아는 여유가 느껴졌다. 노인은 톰에게 걱정과 근심이 그를 불안과 공포에 빠뜨린다는 사실을 보여주었다. 보석을 잃는 게 아닐까 전전긍긍하는 그의 두려움은 대개 근거가 전혀 없음에도 세상을 보는 불신을 키웠다. 그러나 지금 톰은 두려움과 불안을 깨끗이 떨치고 완전한 평안과 여유를 누릴 수 있게 됐다.

'당신은 첫 시험을 거끈히 통과했습니다.'

톰은 노인이 했던 말을 다시 떠올렸다. 이 기억을 곱씹으며 그는 다시 작업에만 몰두했다. 두 번째 시험이 자신을 어디로 이끌지 생각하니 살짝 긴장되기도 했다. 하지만 지금껏 자신에게 주어진 길을 잘 걸어왔다는 확신과 함께 그는 앞으로 자신이 무엇을 마주하게 될지 가늠해보았다. 물론 내일 일을 인간이 어찌 알랴. 그리고 내일 일을 알았다면 분명 톰은 자신의 여행을 거기서 멈추었으리라.

21

톰이 트랙터를 수리한 지 11개월하고도 19일이 흘렀다. 그
동안 핑카는 완전히 새롭게 태어났다. 낡은 마구간도 새로 단
장해 이제 다시 말들을 들일 수 있었다. 지주가 고용한 농부
한 명은 톰이 고친 트랙터로 밭을 개간하며 농사를 지었다.

핑카로 이르는 큰길도 새롭게 정비되었다. 잘 손질한 나무
울타리가 핑카가 위치한 언덕을 감쌌으며, 언덕 위에는 꽃들
이 흐드러지게 피었다. 나무들도 잘 어우러져 아름다운 경관
을 연출했다.

집으로 오르는 작은 길은 전문가다운 솜씨로 다듬어졌다.
화강암을 깔아 만든 작은 계단이 그림처럼 아름다운 자태를
뽐내며 핑카의 테라스로 이어졌다. 이 길을 오르는 사람은 물

이 찰랑거리는 분수대가 있는 작은 뜰을 지나간다. 그 뒤에 자리를 잡은 수영장은 톰의 수고 덕분에 자갈을 말끔히 비워내고 맑고 신선한 물을 얻었다. 수영장 테두리가 언덕 위에서 지평선에 맞춰진 덕분에 그곳에서 수영하는 사람은 마치 하늘 위에 떠서 노니는 듯한 기분을 만끽할 수 있을 것이다. 핑카는 그야말로 완벽했다.

이날 저녁 지주가 찾아왔을 때, 톰은 테라스에 앉아 돈을 헤아리고 있었다. 이제 고향으로 돌아가 예전처럼 살아갈 만한 돈이 어느 정도 모였다. 톰을 보며 지주는 가슴이 약간 아련해지는 걸 느꼈다. 그는 그동안 청년에게 깊은 유대감을 키워왔다. 저녁마다 톰을 찾아오는 일은 빠질 수 없는 하루 일과였다. 물론 처음에는 핑카를 개축하는 작업이 얼마나 진척되었는지 살피고, 자신의 마음에 드는 대로 요모조모 감독하고자 하는 욕구가 컸던 게 사실이다. 그러나 이제 그는 청년과 나누는 대화가 핑카를 개축하는 것보다 훨씬 더 큰 선물임을 인정하지 않을 수 없었다. 지주는 청년이 없었다면 이곳 핑카가 어찌 되었을지 상상조차 할 수 없었다.

"자네 꿈은 어떻게 되었나?"

지주는 가져온 와인 한 병과 함께 테라스 의자에 앉으며 톰에게 물었다. 톰은 한동안 생각에 잠긴 표정으로 지주를 물끄러미 바라보았다.

"저는 제 꿈이 무엇인지 아직도 찾고 있어요."

마침내 톰이 입을 열었다.

"솔직히 저는 이 핑카를 제 필생의 꿈으로 여겼죠. 핑카를 다시 반듯하게 세우면 제 인생도 바로 설 것이라고 생각했으니까요. 하지만 과거의 추억이 오히려 저를 혼란에 빠뜨린다는 사실도 깨달았어요. 즐거웠던 어린 시절을 다시 맛보고 싶다는 생각이 저를 착각으로 이끌었던 거예요. 저는 어려서 아버지와 함께 자주 찾았던 이 지방에서라면 그 추억을 쉽게 되살려낼 수 있으리라 믿었어요. 그러나 시간은 되돌릴 수 있는 게 아니에요. 시간은 거스를 수 없이 지나가니까요. 과거의 추억에만 매달리는 사람에게 그 추억은 거부할 수 없는 짐이고, 무거운 납덩이처럼 짓누르는 짐일 수도 있어요. 미래도 마찬가지죠. 이것이 제가 이곳에서 배운 교훈입니다."

톰은 잠깐 숨을 골랐다가 계속 이어서 말했다.

"저는 그날그날 제게 주어진 일에 몰입하는 법을 배웠어요. 최근 몇 달 동안 이곳에서 경험한 모든 순간에 하나로 녹아들었죠. 이 소중한 순간들이 저를 이곳에 묶어주었어요. 저는 트랙터였고, 분수대였어요. 어떻게 해야 저 낡은 헛간에 다시 생기를 불어넣어줄 수 있는지 생각했고, 깨지고 갈라진 계단을 반듯하게 다듬어주었을 때 제 가슴은 기쁨으로 가득했죠. 제 영혼의 손길이 이곳을 무수히 어루만졌다고 할까요. 이제 저는 핑카와 깊은 동질감을 느낍니다. 핑카는 저의 한 부분이 되었고, 저 또한 핑카의 한 부분이 되었습니다."

지주는 청년의 말을 주의 깊게 경청했다. 어느덧 그의 얼굴에 눈물이 흘러내렸다. 자기 자신보다 청년이 이곳과 더욱 가까워졌다는 것을 확인하고 그는 만감에 젖었다. 가슴이 뿌듯하면서도 약간의 서글픔이 느껴졌다.

이제 핑카는 영혼을 얻었다. 그러나 이 영혼은 그의 것이 아니었다. 지주는 청년의 말을 음미하다가 가슴 깊숙한 곳에서 따스한 기쁨이 샘솟는 느낌을 받았다. 생명의 활력이 이곳에 돌아왔다. 이로써 그 역시, 물론 톰이 작업을 대신해주기는 했지만, 핑카와 하나가 된 감격을 누렸다. 청년이 이곳에 다시 생기를 불어넣어준 덕에 그는 자신이 이미 오래전에 잃었다고 믿어온 생기를 회복했다.

"하지만 핑카는 제 꿈이 아닙니다."

톰이 말했다.

"저는 이곳에서 배워야 하는 것이 '몰입'이라는 걸 깨달았어요. 핑카는 제가 통과해야만 하는 첫 번째 시험일 뿐이에요. 핑카는 제게 몰입을 방해하는 잡념과 잘못된 꿈이 저 자신을 심연의 나락으로 떨어뜨릴 수 있음을 보여주었어요. 그리고 진정한 꿈을 실현하고자 한다면 순간을 온전히 만끽할 줄 아는 능력을 갖춰야 한다는 걸 배웠어요."

톰은 지주의 얼굴을 바라보았다.

"이것은 핑카가 저에게 베푼 선물입니다. 물론 이런 선물을 받을 수 있게 해준 어르신께도 감사드립니다."

지주는 흡족한 표정으로 톰을 보았다. 그는 오래된 핑카를 다시 반듯하게 개축한 것 이상의 성과를 이루었다는 만족감에 뿌듯함을 느꼈다.

"그럼 자네의 진정한 꿈은 어떻게 찾을 수 있을까?"

지주는 지평선에 걸린 해를 바라보며 생각에 잠겼다가 톰에게 물었다.

"모르겠습니다."

톰은 솔직히 대답했다.

"꿈에서는 답을 알았는데…. 꿈에서 저는 이 목표를 찾아내고자 마치 영원 속을 헤매는 듯한 방황을 했죠. 무엇이 저의 진정한 꿈인지 찾아내려 끝도 없이 헤맸습니다. 늘 어떤 목소리가 저를 보고 출발할 때라고 채근하더군요. 저는 쉬지 않고 매일같이 그 답을 찾아 사막을 헤매고 다녔습니다."

"그 탐색이 자네를 어디로 이끌던가?"

이렇게 물으며 지주는 속으로 자신은 단 한 번도 인생의 의미를 찾기 위해 혼신을 다하지 않았음을 깨달았다. 그는 후회와 함께 청년에게 배운 교훈을 마음에 새겼다.

"제 탐색은 묘하게도 저를 항상 출발했던 원점으로 되돌려 놓았어요. 매일 저는 같은 위치에서 새롭게 시작해야만 했죠. 또 아무리 안간힘을 써도 목표에 도달하지 못했습니다. 끊임없이 처음부터 다시 시작해야만 했죠. 그러나 그 과정에서 저는 어떤 심오한 깨달음을 얻었어요. 아니, 이 깨달음은 이미 오래전부터 제 안에 깊숙이 자리 잡고 있었는데 제가 알아채지 못했던 것입니다. 이 깨달음을 명료하게 떠올리는 게 제가 치러야 하는 두 번째 시험인 거 같아요."

이 말을 하면서 톰은 자신의 녹색 에메랄드를 생각했다.

'에메랄드는 당신이 걸어갈 길을 이미 알고 있어요. 이 에메랄드가 당신을 이끌 것입니다.'

이 말은 해몽가 노인이 했던 것이다. 톰은 노인이 전적으로 옳았음을 확실하게 깨달았다.

"이제 그럼 자네는 어디로 가려나?"

지주가 물었다. 그는 톰이 낮에 헤아리고 있던, 여전히 탁자 위에 놓인 돈뭉치를 보았다.

"자넨 이제 고향으로 돌아가기에 충분한 돈을 모았군."

톰은 돈을 바라보며 잠시 생각에 잠겼다. 그는 바지호주머니에 넣어둔 작은 상자를 만지작거렸다. 그리고 마침내 입을 열었다.

"얼마 전만 하더라도 저는 예전 인생으로 돌아갈 수 있으리라고 믿었어요. 핑카와 제 전 재산을 잃었을 때 겪은 아픔을 잊고 싶었죠."

톰은 감사의 마음을 담은 눈길로 지주를 보았다.

"하지만 이제 이곳 핑카가 저에게 선물한 것을 다시 잃고 싶지는 않습니다. 어린 시절의 추억이 아름다웠다 한들 다시 되살려낼 수 없는 것과 마찬가지로, 저는 예전의 인생으로, 더는 존재하지 않는 과거로 되돌아갈 수 없습니다. 저에게 이제 고향은 없습니다. 그 대신 저에게는 모든 길이 열려 있죠. 제 목표가 무엇인지는 모르지만, 저는 인생이 이끄는 대로 가겠습니다. 가다 보면 언젠가는 제 목표에 도달하겠지요."

지주는 그윽한 눈길로 톰을 오랫동안 바라보았다. 청년이 하는 말에서 우러나오는 깊은 평안함이 지주를 위로했다. 지주는 청년이 오랫동안 자신 곁에 있기를 바랐다.

"핑카의 재건을 기념하여 내일은 우리도 좀 즐겨볼까?"

지주가 불현듯 이런 제안을 했다.

"내일 하루는 편안히 보내세. 자네는 거의 1년 내내 이곳에만 머물렀으니 내일 낮에는 마을과 이 지역을 좀 돌아보도록 하게. 저녁에 돌아오면 내가 만찬을 준비해둠세. 그런 다음 자네의 길이 어디로 자네를 이끌지 함께 지켜보세."

톰은 지주의 제안을 감사한 마음으로 받아들이면서도, 속으로 지주가 다른 의도를 품은 게 아닐까 생각했다.

22

처녀의 이름은 후아니타였다. 그녀는 핑카로 오르는 계단의 맨 위에 서 있었다. 석양빛이 그녀의 아름다운 얼굴을 비추고 있었다. 입가의 옅은 미소는 고혹적이었다. 톰은 핑카로 오르는 계단을 올라가며 무릎이 후들거렸다. 살면서 이토록 아름다운 여인을 본 적이 있었나? 천사가 있다면 저런 모습일까? 환하게 빛나는 미소를 보며 톰은 지금껏 전혀 알지 못했던 감정에 사로잡혔다. 혹시 이런 감정이 사랑일까?

마지막 계단을 오르고 처녀 앞에 섰을 때 톰은 자신이 완전히 새로운 사람으로 거듭난 것만 같았다. 어린 시절 이후 더는 겪어보지 못한 마법의 힘이 자신에게 드리운 듯했다. 걱정이라고는 모르던 시절의 천진난만함이 고스란히 되살아나는 감격에 톰은 벅찬 기쁨을 맛보았다. 이 순간이 완벽하다는 것을 알고자 몰입할 필요도 없었다. 이제부터 인생의 매 순간은 완벽함을 자랑하리라. 그는 드디어 목적지에 도착했다!

톰은 어린 시절의 마법을 떠올렸다. 아버지를 생각하고, 어린 시절의 순수함을 생각했다. 지금도 그런 순수한 희열이 느껴졌다. 하지만 지금의 기쁨이 훨씬 더 컸다. 톰은 하늘을 나는 것만 같았다. 처녀를 바라보며 그는 지금껏 인생을 살아오며 전혀 느껴보지 못한 감정, 아버지에게도 느껴보지 못한 친밀감에 내심 놀랐다. 톰은 영혼끼리 통한다는 게 이런 느낌이 아닐까 자문했다.

자신의 침대 옆에 늘 놓아두는 상자 안의 녹색 에메랄드는 실제로 '타불라 스마라그디나'의 일부분이었던 게 분명하다. 전설의 '타불라 스마라그디나'는 영혼과 영혼을 맺어준다고 하지 않던가. 톰은 처녀를 바라보기만 해도 모든 것이 어떻게 서로 연결되는지 온몸으로 느껴졌다. 그녀 곁에 있는 것만으로도 톰은 충만한 인생이라는 게 어떤 것인지 실감했다.

'모든 게 아름답게 보여.'

톰은 가슴 깊숙한 곳에서 샘솟듯 사랑이 차오르는 느낌에 눈앞이 환해지는 순간을 체험했다. 에메랄드가 그를 이곳으로 이끌었다. 아버지의 죽음은 헛되지 않았다. 아버지가 유물로 남긴 보석이 이 기적처럼 아름다운 피조물, 천사와도 같은 여인에게 자신을 안내했다. 톰은 자신의 존재의 의미가 눈앞에 나타났다고 생각했다.

"당신이 톰인가요?"

처녀는 이 말로 톰에게 인사했다. 첫눈에 사랑에 빠진 톰은 처녀의 낭랑한 목소리를 들으며 '완벽함이란 게 이런 것이로구나.' 하고 넋 나간 표정을 지었다. 혹시 꿈을 꾸고 있는 게 아닐까? 톰은 긴가민가한 나머지 고개를 갸우뚱했다. 꿈속에서 사막을 헤맬 때 들려오던 바로 그 목소리 같은데? 톰은 거의 틀림없다는 생각에 일순 긴장했다. 그러나 지금 이 순간 그에게 더욱 분명하고도 확실한 사실은 앞으로 그녀가 없는 인생은 생각조차 할 수 없다는 점이었다.

"저는 후아니타라고 해요."

처녀의 청아한 음색에 톰은 마법의 주문에라도 걸린 양 꼼짝도 하지 못했다. 최면에 걸린 것처럼 엉거주춤 서 있던 톰은 쑥스러운 듯 홍조를 띠는 후아니타의 미소에 완전히 얼이 나가고 말았다. 후아니타는 핑카 안의 주방에서 지주가 이미 요리를 하고 있다고 말했다. 그녀를 초대한 건 지주였다. 폐허가 되다시피 한 별장을 다시 생기가 도는 저택으로 탈바꿈시킨 청년을 꼭 만나봐야 한다며 지주가 그녀를 데려왔다고 했다.

"마술사인가 봐요?"

후아니타는 이미 오래전에 잃은 것을 되돌려 받은 어린 소녀처럼 초롱초롱한 눈망울로 물었다. 그녀는 톰을 지그시 바라보았지만, 톰은 여전히 한 마디도 하지 못했다.

'지금 내가 꿈을 꾸는 건가. 꿈꿀 때와 느낌이 거의 같은데.'

톰은 속으로 이렇게 되뇌었다.

그때 지주가 나타나 두 사람 사이의 침묵을 깼다.

"어, 두 사람 벌써 서로 인사한 거야? 좋구먼."

지주는 싱글벙글 웃으며 말했다.

"우리가 함께 보내는 마지막 저녁에 불쑥 손님을 데려왔다고 기분 나빠하지 말게."

톰은 자신이 어떻게 기분 나빠할 수 있을지 상상이 되지 않았다. 하지만 지주의 말 때문에 그는 자신이 곧 이곳을 떠나기로 했다는 점을 떠올렸다. 이 사실이 톰의 가슴을 칼날처럼 찔렀다.

톰은 지주에게 더없이 상냥하고 친절한 처녀를 보며 마음속으로 질투를 느꼈다. 식사를 하며 나눈 대화로 밝혀진 사실은 후아니타가 투병 생활을 하던 지주를 정성껏 간호했다는 것이다.

"후아니타가 없었다면 나는 벌써 죽은 목숨이야."

지주는 이렇게 말하며 껄껄 웃었다. 톰은 지주와 젊은 처녀를 맺어준 사랑은 어떤 종류일까 생각했다. 자신이 느끼는 사랑과는 다른 것처럼 보였다. 아무래도 두 사람의 나이 차이가 너무 나서 그렇게 보이는 건가? 톰은 남몰래 쓰린 속을 달랠 수밖에 없었다.

세 사람은 식사를 하며 담소를 나누었다. 톰도 그 어느 때보다 많은 이야기를 했다. 지주는 톰을 바라보는 후아니타의 눈빛을 유심히 살폈다. 예전에는 전혀 보지 못한 눈빛이었다. 지주는 만감이 교차하는 표정을 지었다.

작별할 시간이 되자 그는 톰과 따로 이야기를 나누었다.

"그래, 이제 어디로 가려나?"

지주는 톰의 얼굴을 빤히 바라보았다.

"모르겠습니다."

톰은 이렇게 답하며 이제 정말로 작별해야 한다는 생각이 빚어낸 아쉬움을 숨기려 애썼다.

"먼저 고향으로 돌아가 앞으로 무얼 하며 살지 생각해보겠습니다."

지주는 톰의 얼굴을 지그시 지켜보았다.

"그 생각은 여기서 하는 게 더 낫지 않겠나?"

마침내 지주가 말했다. 이 말과 동시에 그는 이미 계단 앞에 서서 기다리던 후아니타에게 다가가며 말했다.

"톰이 내일 너에게 자신이 수리한 트랙터를 직접 보여주겠다는구나."

그는 후아니타의 뺨에 입을 맞추었다.

"나는 함께할 수 없지만, 톰이 잘 안내해주리라 믿는다."

그러고는 다시 톰을 보며 미소를 짓고 말했다.

"내 딸을 극진히 모시게. 저 아이는 인생에서 찾아보기 힘든 귀중한 보물이니까."

턱이 빠질 만큼 놀란 톰은 지주의 얼굴을 넋을 잃고 쳐다보았다. 그리고 깨달았다. 이제 자신의 인생이 이 핑카에서 계속 이어지리라는 것을.

23

　후아니타와의 첫 만남 이후 5개월하고도 16일이 흘렀다. 이
날 톰은 필요한 물건들을 장만하러 마을로 내려갔다. 그동안
톰의 인생은 마치 슬로비디오를 보는 것처럼 매 순간을 새길
수 있는 여유를 베풀었다.

　톰은 좁은 골목길을 따라 걸으며 후아니타에게 사랑을 고백
했던 순간을 돌이켜보았다. 그녀는 아버지에게 귀에 못이 박
이도록 들었던 트랙터를 보고 싶어 했다. 톰은 크고 묵직한 트
랙터의 높은 운전석에 올라타는 것을 두려워하는 후아니타의
손을 잡아주었다.

　"나하고 같이 있으면 아무 일도 일어나지 않아요."

　톰은 그녀에게 이렇게 말했고, 후아니타는 미소로 화답했

다. 트랙터를 타고 한동안 들판을 누빈 두 사람은 어떤 커다란 나무 앞에 트랙터를 멈추었다. 톰은 이 순간이다 싶어 자신이 그녀를 얼마나 사랑하는지 고백했다. 어찌나 심장이 뛰는지 숨까지 거칠게 몰아쉬던 그는 후아니타의 얼굴에 피어오른 미소를 보며 세상을 다 가진 환희를 맛보았다. 두 사람은 서로의 사랑을 뜨겁게 확인했다. 당시 후아니타의 주위로 나비가 날았다면, 톰은 그 자리에서 즉각 청혼했으리라. 지금은 오히려 청혼의 순간을 남겨놓았다는 점이 기쁘기만 했다.

'우리는 세상의 모든 시간을 다 가졌으니까.'

톰은 빙긋이 웃으며 언제 청혼하면 좋을지 궁리했다.

이런 생각을 하며 걷던 그는 자신이 작은 레스토랑 앞에 서 있음을 알아차렸다. 예전에 지주가 그에게 핑카를 수리해달라고 말했던 바로 그 식당이었다.

'흠, 이것은 운명의 계시일까? 전통대로 이 레스토랑에서 후아니타의 아버지가 지켜보는 앞에서 그녀의 손을 잡고 청혼을 할까?'

입가에 절로 미소가 피어났다. 톰은 지주가 이 식당에 자주 들른다는 사실을 익히 알았다. 뭔가 중요한 결정을 할 때마다 그가 찾는 곳이 이 레스토랑이기 때문이다.

식당 앞에 놓인 작은 테이블로 가까이 갔을 때 톰은 지주가 즐겨 앉는 바로 그 자리에 어떤 노인이 앉아 있는 걸 발견했다. 노인이 그 테이블에 앉지 않았다면, 톰은 그를 알아보지 못하고 그냥 지나쳤으리라. 그는 이 자리에 지주가 아닌 다른 사람이 앉아 있는 걸 단 한 번도 본 적이 없었다. 하지만 좀 더 가까이 가면서 톰은 거기 앉은 노인을 알아보았다.

"나는 늘 당신과 함께 있었어요. 다만 당신이 나를 못 알아보았을 뿐이지요."

어딘지 모르게 우수에 젖은 해몽가 노인이 톰에게 인사를 건넸다. 톰은 속으로 많이 놀랐다. 노인이 벽난로 앞에서 함께 저녁을 보내고 나서 영영 사라졌다고 믿었기 때문이다. 톰은 노인이 아무 작별 인사도 없이 자취를 감춘 게 무슨 사고 탓은 아닐까 걱정했었다. 그러나 그 지역에서 사고가 일어났다는 소식은 전혀 듣지 못했다. 돈이 부족한 노인이 그동안 받지 못한 보수를 받으러 여기저기 다니는 모양이라고 짐작하기도 했다. 그는 노구를 이끌고 다녀야 하는 노인의 처지가 안타깝기만 했다.

"옆에 앉아도 될까요?"

톰은 이렇게 묻고는 대답을 기다리지도 않고 노인의 옆자리에 앉았다. 말벗이라도 좀 되어주고 싶다고 생각했다. 톰은 노인에게 그동안 겪었던 일을 신이 나서 떠벌렸다. 핑카의 개축을 마무리한 것과 지주와의 우호적인 관계를 자랑스럽게 이야기했다. 지주가 핑카에서 만찬을 베풀었으며 그날 저녁으로 자신의 인생이 바뀌었다고 털어놓기도 했다. 톰이 후아니타의 이야기를 했을 때 노인은 아무 말도 하지 않고 묵묵히 톰을 지켜보았다.

'아마도 노인은 내 꿈 이야기를 기다리는 모양이구나.'

톰은 자신의 이 생각에 노인이 별반 관심을 가지지 않는 것 같아 의아하게 여기면서 그동안 생각 읽는 법을 잊은 게 아닐까 생각했다.

'아니면 너무 늙어 그 특별한 재능을 잃은 걸까?'

이런 짐작을 하니 마음 한구석이 서글퍼졌다. 지난번 노인과의 만남이 약간 불신이 깃든 분위기였다면, 이번 만남에서는 노인에게 진한 연민을 느꼈다.

톰은 노인에게 자신의 지난번 꿈 이야기를 해주기로 마음먹었다. 그는 베두인 남자가 예고했던 시험을, 그리고 실제로 첫 번째 시험을 통과한 것을 이야기했다. 노인도 첫 번째 시험의 통과를 말했지 않은가. 시험을 통과할 수 있었던 비결은 잡념에 휘둘리지 않고 몰입할 줄 아는 자세에 있었다고 톰은 정리했다. 핵심은 지금 이 순간과 혼연일체가 되는 것이라고도 했다. 또 톰은 나귀를 타고 사막을 무작정 헤맨 것과, 늘 같은 야자나무 아래서 깨어났으며, 결국 마지막 아침에 깨달음을 얻은 사실도 이야기했다.

"저는 이제 그 사막에서 얻은 깨달음이 무엇을 뜻하는지 압니다."

톰은 환한 얼굴을 하고 노인을 바라보았다. 너무 들뜬 나머지 그는 노인의 표정이 갈수록 더 어두워지고, 슬픔에 젖는 것을 알아차리지 못했다.

"인생의 목표라는 게 따로 있지는 않더라고요. 아니, 인생은 목표에 매달리는 그런 게 아니에요. 저는 사막에서 늘 다시 새 출발을 할 때마다 목표를 찾아야만 한다고 믿었죠. 그러나 제 내면의 목소리는 이곳저곳 기웃거리며 헤매는 게 아니라 주어진 순간에 충실해야 한다고 말했어요. 지금 이 순간과 하나가 되는 몰입의 중요성을 일깨워주었다고 할까요. 그건 우리 안의 우주가 들려주는 소리였어요. 사람들은 대개 이 소리를 듣지 못해요. 그러나 자신에게 충실할 줄 아는 사람, 그래서 내면의 목소리를 가려들을 줄 아는 사람은 자신의 심장이 하는 호소를 듣습니다. 제가 사막에서 치러야만 했던 두 번째 시험은 바로 이 내면의 소리를 듣는 것이었죠. 생각에 휘둘려 심연의 나락에 떨어지지 않으려면 생각을 다스리는 법을 배워야만 해요."

열변을 토하던 톰은 상기된 얼굴로 노인을 바라보았다. 하지만 지친 표정의 노인은 아무 말도 하지 않았다. 톰은 그제야 노인의 눈빛에 서린 슬픔을 읽고, 혹시 노인의 건강 상태가 심각한 건 아닌지 걱정했다.

'내가 내 꿈을 직접 풀이해버려서 못마땅한 건가. 이제는 늙고 쇠약해져 자신이 더는 필요 없는 존재라고 느껴 슬픈 걸까. 아니면 돈이 급히 필요해 나에게 지난번 꿈풀이 대가를 달라고 하고 싶은데 내 이야기만 늘어놓아 짜증이 난 걸까.'

돈이야 지금이라도 줄 수 있었다. 결국 노인은 자신의 첫 번째 꿈을 해석해주었기 때문이다. 덕분에 톰은 꿈이 자신에게 보내는 메시지를 알아들을 수도 있게 되었다.

노인이 결국 에메랄드를 요구할 수 있다는 걱정은 이제 하지 않았다. 불신과 두려움으로 생겨나는 잡념에 더는 끌려 다니지 않는 법을 배웠으니까. 톰은 다시금 후아니타를 생각하고, 지난번 꿈에서 자신이 얻었다고 확신한 깨달음을 노인에게 계속 이야기했다.

"제 심장의 소리가 요구하는 것이 출발하라는 말인 줄 알고 저는 사막을 목표도 없이 무작정 헤매기만 했습니다. 제가 찾아야만 하는 것이 무엇인지 알지 못했으니까요. 끝없이 헤매는 통에 영원이라는 게 이런 것인가 싶을 정도였죠. 조금의 진전도 없이 헤매다가 마침내 저는 이 시험이 무엇을 요구하는지 깨달았어요. 꿈에서 이미 저는 답을 얻었죠. 현실에서 후아니타를 만나고 나서야 비로소 저는 그 답이 무엇인지 정확히 알았습니다."

톰은 미소를 지었다. 이 미소는 오로지 사랑만이 지펴줄 수 있는 것이었다.

"막히고 꼬인 것처럼 보여도 진정한 인내심을 가지고 있다면 인생의 모든 일은 저절로 풀려갈 수밖에 없어요. 인생은 늘 계획을 가지고 있어요. 우리는 인생의 이런 원대한 계획을 신뢰해야만 하죠. 인생이 암울하고 험난한 에움길로 인간을 시험하더라도 말이에요."

톰의 미소는 이제 환한 광채를 발했다.

"그러나 어둠이 가장 깊은 때를 지나면 반드시 해가 나와 어디로 가면 되는지 길을 알려줍니다. 저는 핑카를 다 수리하고 다시 모든 가능성이 열렸을 때 내 인생의 길이 나 자신을 어디로 인도할지 알지 못했어요. 옛집으로 돌아가 다시 시작할 수 있는 돈은 충분했죠. 하지만 다른 모든 목표도 저에게는 열려 있었어요. 다만 인생이 저를 위해 무엇을 준비해둔 것인지 몰랐을 따름입니다. 정확히 그 순간에 인생은 저에게 후아니타를 보내주었습니다."

그녀의 이름을 입에 올리는 순간, 톰의 심장은 환호했다.

"심장은 저에게 지금 있는 곳에 머물러야 한다고, 그러면 행복이 나를 찾아올 거라고 말해주더군요."

노인은 뭔가 말하고 싶은 표정이었다. 톰은 노인에게 어떤 다른 문제가 있는 게 아닌가 생각했다.

'아마도 노인은 내가 스스로 꿈을 해석하는 바람에 대가를 받지 못할까 봐 염려하는 모양이야. 네판테를 떠난 이후 음식 사 먹을 돈도 없을 정도로 노인은 힘든 게 분명해.'

톰은 노인의 식대를 대신 내주어야겠다고 결심했다. 그런 다음 자신이 가진 돈의 상당 부분을 노인에게 주기로 마음먹었다. 어차피 돈은 이제 필요 없었다. 노인의 얼굴에서 깊은 근심을 읽어낸 톰은 그만큼 노인의 궁핍함이 심한 듯하다고 짐작했다.

그러나 톰은 굳이 노인에게 물어보지는 않았다. 그런 걸 물어 노인이 난처해하는 모습은 보고 싶지 않았다. 그 대신 자신의 이야기를 계속했다.

"꿈에서 저는 내일은 다시 사막을 헤매지 않고, 야자나무 밑에서 인생이 저에게 베풀어주는 것을 기다리기로 결심했죠."

톰은 잠깐 숨을 골랐다.

"그때 바로 후아니타가 제 인생에 등장했어요. 그녀를 보며 저는 때가 되면 인생은 삶의 목적을 절로 밝혀준다고 생각했어요. 사막을 헤매며 방황할 필요가 없는 거죠. 후아니타는 제 인생의 목표이자 의미입니다. 저는 드디어 네판테를 찾아 어르신을 만나도록 한 질문의 답을 얻었습니다."

톰은 미소를 지었다. 지금 맛보는 행복은 인생에서 처음 누리는 것이었다. 과거의 모든 고통과 수고는 헛되지 않았다. 마침내 보상이 주어졌으니까. 톰은 전 재산을 잃고 암담하고 막막하기만 했던 때를 떠올렸다. 어디로 가야 좋을지 방향감각을 잃고 얼마나 헤맸던가. 그는 네판테에 이르러서야 근심을 떨칠 수 있었다. 심지어 아버지의 죽음도 전혀 다른 관점에서 볼 수 있게 되었다.

'나를 이곳으로 이끈 사람은 바로 아버지다. 아버지가 아니었다면 나는 후아니타를 절대 만나지 못했으리라.'

톰은 에메랄드를 생각했다.

'에메랄드는 이미 길을 알고 있었던 거야.'

노인은 처음 만났을 때 이미 이 사실을 예언했다.

"어르신이 제게 베풀어준 모든 것에 감사드립니다."

톰은 노인에게 이렇게 말했다. 그러고는 호주머니에서 돈을 꺼내려는데 노인이 말했다.

"됐네."

노인은 여전히 굳은 표정이었다.

"오늘의 감사는 이걸로 족하네."

분명 부끄러운 듯했다. 톰은 노인을 안타깝게 바라보았다. 그러나 톰이 계산을 하고 돈을 쥐여 주기 전에 노인은 이미 자리에서 일어났다. 그리고 계산대로 가서 식대를 지불하고는 그대로 가버렸다.

24

톰은 서둘러 사라지는 노인의 뒷모습을 보며 놀라움을 금치 못했다. 그리고 레스토랑 앞에 놓인 작은 테이블에 앉아 노인이 왜 그랬을지 생각했다. 와인을 마시며 노인과의 만남을 복기하는 동안, 톰은 노인과 만날 때마다 대화를 나누고 난 뒤에 항상 그가 흔적 없이 사라진 것을 떠올렸다. 네판테에서도 노인은 산등성이 쪽으로 먼저 걸음을 옮겨 멀어져 갔고, 벽난로 앞에서 대화를 나누었을 때에도 노인은 언제 갔는지도 모르게 사라졌다. 지금도 도망갔다는 느낌을 받을 정도로 노인의 퇴장은 황급했다.

'정말 무슨 심각한 문제를 가진 게 틀림없어.'

톰은 이렇게 생각하며 노인을 도울 방법을 찾을 수 없는 자신을 안타까워했다. 혹시 꿈풀이가 예전만큼 돈벌이가 되지 않는 것일까. 톰은 잠깐 예전의 도시 생활을 떠올려보고 꿈풀이로 돈을 버는 일이 쉽지 않을 것이라 생각했다. 꿈에 기대를 거는 사람은 갈수록 줄어들기 때문이다. 하긴 요즘 꿈을 꾸는 사람이 있기는 할까. 네판테로 오기 전에는 자신도 꿈이라고는 모르지 않았던가. 자신의 꿈을 직접 풀이할 수 있는 사람이 몇 명 되지 않는다 할지라도 요즘 세상에서 해몽으로 돈을 버는 일은 힘들 게 분명하다.

톰은 자신의 몸이 노곤해지는 걸 느꼈다. 대낮에, 그것도 가장 더운 정오에 와인을 마신 탓인가 싶었다. 예전 같았으면 덜컥 의심이 들어 노인이 와인에 뭘 탄 게 분명하다고 생각했으리라. 그러나 오늘은 밀려오는 졸음이 반갑기만 했다. 잠시 후 아니타를 생각했다. 그녀 덕에 사막에서 치른 두 번째 시험의 답을 얻은 게 기쁘기만 했다. 그는 언제 다시 나귀와 베두인을 만날 수 있을지 내심 기다려왔다.

지난번의 방황을 생각하며 톰은 눈꺼풀이 천천히 무거워지는 걸 느꼈으며, 이윽고 꿈을 꾸기 시작했다.

25

햇살이 알라 킨의 눈꺼풀에 쏟아졌다. 너무 눈이 부셔 몇 번 끔뻑이고 나서야 그는 자신이 어디에 있는지 알았다. 다시 그는 앞서 수도 없이 그랬듯 야자나무 아래서 깨어났다.

알라 킨은 시원한 그늘 아래 다시 몸을 눕혔다. 그리고 다시 목소리가 들려오기를, 식량 주머니를 등에 진 나귀가 나타나기를 기다렸다.

그러나 이번에는 그가 겪었던 수많은 아침들과 달랐다. 무엇을 찾는지 알지도 못하고 숱하게 사막을 헤맨 후, 알라 킨은 자신의 내면 깊숙한 곳에 변화가 일어났음을 감지했다. 그는 나귀를 타고 출발했지만 다음 날 아침이면 어김없이 출발점으로 돌아와 야자나무 밑에서 깨어난 것을 알고 얼마나 놀랐었는지 기억했다. 처음에는 새로운 길을 찾을 기회가 아닐까 기대하기도 했다. 목표가 어디인지 모르지만 새롭게 시도할 수 있어서 고맙기도 했다. 그러나 시간이 흐르면서 쳇바퀴 도는 것만 같은 방황과 복귀에 너무나 익숙해진 나머지 왜 자신이 늘 같은 곳으로 돌아오는지 의문조차 품지 않았다.

오히려 그는 어떤 길이 옳은 것인지 찾아내려고 서둘렀다. 자신이 가진 모든 힘을 쥐어짜며 어떤 것이 가장 효율적이며 능률적인지 알아내려고 애썼다. 몇 번은 나귀가 가는 발길대로 맡겨두었다. 자신에게 들려오는 목소리가 나귀의 것이라 믿으면서. 때로는 자신이 방향을 정해 나귀를 이끌기도 했다. 그때마다 다른 방향으로 출발하면서 생각할 수 있는 모든 가능성을 시험해보자고 다짐하기도 했다.

그러나 어떤 길도 그를 목적지로 이끌지 않았다. 때로는 우연에, 때로는 바람의 방향에, 때로는 사막의 모래로 점을 치고 그 방향을 따라가 보기도 했다. 그러나 어떤 것도 소용이 없었다. 무엇이 목표인지도 몰랐고 어느 때는 길을 헤매면서도 자신이 길을 가고 있다는 사실만으로 위로를 삼았다.

판에 박은 듯 되풀이되는 출발과 원점 회귀로 갈수록 커지던 의심과 절망이 극에 달했을 때, 어떻게 해야 좋을지 더는 알 수 없고 갈 수 있는 길이 더는 보이지 않았을 그때, 드디어 알라 킨은 이 여행이 근본적으로 왜 시작되었는지 의문을 품었다.

"오늘은 출발하지 않을 건가?"

이번에는 목소리가 이렇게 물었다. 그는 나귀를 바라보았다.

"이제 너에게 이름을 붙여주어야 할 때가 된 것 같아."

그는 목소리에게 말했다.

"이제 나는 네가 누구인지 아니까. 나는 너를 나의 코르메움Cormeum°이라고 할게."

알라 킨은 목소리의 존재가 동의하듯 고개를 끄덕이는 것을 고스란히 느꼈다.

"참 아름다운 이름이군."

목소리가 이렇게 화답했다.

"내가 보기에 너에게 잘 어울리는 이름이야."

알라 킨이 말했다.

"그래서 오늘은 출발하지 않는다고?"

코르메움이 재차 물었다.

"오늘은 출발하지 않아, 코르메움."

"왜 출발하지 않는다는 거지, 알라 킨?"

○ 라틴어로 '심장'이라는 뜻이다. — 옮긴이

목소리가 다시 물었다. 나귀는 기대에 가득 찬 눈길로 그를 바라봤다. 알라 킨이 어서 등에 올라타 사막으로 나아가기를 기다리는 듯했다.

"코르메움, 그거 알아? 이 모든 여행 끝에 결국 나는 한 가지만큼은 분명히 깨달았어."

"뭘 깨달았다는 거야, 알라 킨?"

코르메움이 반문했다. 알라 킨은 야자나무 그늘 아래 다시 자리를 잡고 한동안 사막을 물끄러미 바라보았다. 그는 자신이 깨달은 것을 하나의 문장으로 다듬는 그 순간에 충실했다. 나귀는, 그러니까 코르메움은 알라 킨의 정신이 문장을 다듬어내느라 집중하는 것을 고스란히 지켜보았다. 알라 킨의 정신은 대장간의 화덕처럼 활활 불꽃을 피웠다. 어지럽게 튀던 불꽃 가운데 하나가 알라 킨의 눈에서 번쩍 빛을 발한 순간, 작업은 완결되었다. 알라 킨이 말하는 문장은 마치 금속판에 새겨진 깨달음처럼 세월의 풍파를 견딜 수 있는 힘을 자랑했다.

"*인생은 여행이 아니다.*"

"그게 무슨 뜻이지, 알라 킨?"

코르메움이 물었다.

"어딘가에 가야만 한다는 것, 목표를 찾아야만 한다는 것은 일종의 환상이야."

알라 킨이 대답했다.

"아니, 그럼 인생은 어떻게 되는 거야?"

코르메움은 놀라서 눈을 치켜떴다.

"인생은 음악이나 춤과 같아. 우리는 마지막까지 도달하고자 음악을 듣는 게 아니잖아. 어떤 특정한 장소에 이르고자 춤을 추는 것도 아니고. 우리는 음악을 오로지 음악 자체로 즐기고, 매 순간의 울림과 그 순간들이 엮어내는 화음을 즐기고자 듣지. 춤도 마찬가지야. 춤을 추는 바로 그 순간을 위해 춤을 추지. 우리는 음악과 춤에 몰입해 살아 있음을 확인할 뿐, 그어떤 목적을 추구하는 건 아니잖아. 이거다 정해놓은 목표는 도달했다 하면 우리를 다시 출발점으로 되돌려놓을 뿐이야. 여행처럼 사는 인생은 늘 새로운 목표를 찾고 그에 도달하면 다시 처음부터 새롭게 시작하는 무한반복일 따름이야. 우리가 매일 아침 이 야자나무 아래서 여행을 되풀이하듯 말이야."

알라 킨은 지난밤 두 번째 시험이 무엇을 의미하는지 곰곰이 새겨보았다. 그는 어딘가 목적지에 도달하려는 게 아니라, 존재의 의미를 찾고 싶었을 뿐이다. 그런데 사막을 헤매며 여행하는 동안 자신이 존재의 의미를 찾고 있다는 사실 자체를 잊어버렸다. 베두인은 그에게 존재의 의미를 탐색하는 일이 진전을 보이려면 순간에 몰입해야 한다고 말했다.

"오늘은 여행을 떠나지 않을 거야."

알라 킨은 큰 목소리로 분명하게 말했다. 나귀는 야자나무 그늘 아래 앉아 움직이지 않는 알라 킨을 한동안 물끄러미 바라보았다. 그런 다음 그 역시 배를 깔고 앉아 머리를 앞발 사이에 두고는 사막 한복판에서 휴식을 취했다.

얼마나 지났을까. 휴식을 취하는 동안 알라 킨은 자신의 내면에 만족감이 차오르는 것을 느꼈다. 바닥에 배를 깔고 있는 나귀도 평화로워 보였다. 사막의 모래를 지그시 응시하던 알라 킨은 돌연 목소리를 다시 들었다.

"하지만 내일이면 먹고 마실 것이 다 떨어질 텐데 어쩌려고 이렇게 태평하지, 알라 킨?"

야자나무 그늘 아래 앉아 쉬던 알라 킨은 코르메움의 말에 담긴 걱정이 불러일으킨 생각에 휘말렸다. 근심은 알라 킨을 호시탐탐 엿보며 장악할 기회를 노렸다. 어떤 요새를 공격하려 할 때 잠복해서 기회를 노리는 것처럼 근심은 지금 알라 킨이 바라보는 모래언덕 뒤에 숨어 그를 엄습할 기회를 엿보았다. 언제라도 알라 킨을 습격해 전복시킬 기세였다.

그러나 알라 킨이 자신의 첫 번째 시험을 떠올리자 잡념은 사막의 바람에 쓸려 자취도 없이 사라졌다. 다시금 평안한 마음으로 그는 중얼거렸다.

"바로 그렇구나."

알라 킨의 심장은 차분하고 평화롭게 박동하면서 이 말을 고스란히 따라 했다.

'바로 그렇구나.'

알라 킨은 야자나무 그늘에 앉아 하염없이 사막을 바라보았다. 그는 마시지도 먹지도 않았다. 오로지 주변 세상을 바라보기만 했다. 사막의 바람은 그에게 음악처럼 들렸다. 피로가 그를 사로잡기 직전 그는 모래언덕 꼭대기에서 춤을 추는 자신을 보았다. 그런 다음 스르르 잠이 들었다.

다음 날 아침 알라 킨은 자신이 잠들었던 바로 그 자리에서 깨어났다. 정신은 맑았다. 눈을 뜨니, 태양과 하늘과 사막이 선명한 대비를 이루며 시야에 들어왔다. 그는 다시 야자나무 그늘 아래 자리를 잡고 앉았다. 그러나 이번에 들리는 목소리는 단호하면서도 명확했다.

"나의 친구 알라 킨, 당신은 이 시험에서 다시 놀라운 진전을 이루었군요."

베두인의 목소리였다. 인 라케치가 그의 앞에 서 있었다. 알라 킨은 인 라케치가 그동안 단 한 차례도 사라지지 않고 내내 자신을 지켜보았다는 느낌을 받았다. 심지어 어제 여기서 잠도 같이 잔 듯했다. 알라 킨은 자신이 사막을 헤매며 도무지 끝날 것 같지 않은 여행을 다닌 것이 오히려 꿈이 아니었을까 하는 의문을 품었다. 자신이 꿈을 꾸는 내내 인 라케치는 자신의 곁을 지켰고, 이제 그 꿈에서 깨어난 게 아닐까 하고.

"아직 마지막 시험이 남아 있어요."

이렇게 말하는 인 라케치의 눈빛이 무척 슬퍼 보였다. 알라 킨은 그 눈빛을 어디선가 본 적이 있다고 생각했다. 저렇게 근심이 가득한 눈빛을 분명히 본 적이 있었다. 그것도 비교적 최근에! 그 순간 사막 위의 하늘이 흐려지고 지평선에 먹구름이 몰려오며 모든 생명을 위협할 돌풍을 예고했다. 알라 킨은 이번 시험이야말로 가장 어려우리라는 걸 직감했다.

26

톰이 레스토랑의 작은 테이블에서 꿈을 꾸다가 깨어났을 때는 이미 오후 늦은 시간이었다. 레스토랑 주인은 톰이 시에스타를 즐기는 줄 알고 일부러 깨우지 않았다. 주인은 청년을 익히 알았으며, 지주와 가까운 사이라는 점도 눈여겨봐두었다. 하지만 이제는 저녁 장사를 위해 테이블을 정리해야만 했다.

주인이 잠을 깨우자, 톰은 너무 늦지 않게 깨워줘 감사하다고 했다. 장을 볼 시간이 충분했기 때문이다. 후아니타는 톰과 함께 특별한 저녁 시간을 보내기 위해 이것저것 준비하는 모양이었다. 톰은 장을 봐오라고 부러 자신을 내보내는 모습에 그녀의 계획을 눈치챘다. 아무튼 핑카에서 보내는 오늘 저녁은 특별한 시간이 될 게 틀림없었다. 톰의 입술에 부드러운 미소가 번졌다.

길을 가며 톰은 너무도 생생한 꿈을 다시 떠올렸다. 그는 자신의 꿈풀이가 옳았음에 가슴이 뿌듯했다. 인생을 살며 필요한 모든 것은 하늘이 베푼다. 인생의 의미를 찾으려고 너무 지나치게 고민할 필요는 없다. 이 문제에만 골몰하는 태도는 사막을 무한정 헤매게만 할 뿐 정작 원하는 목표에는 접근하지 못하게 가로막는다. 많은 경우 이 문제는 깨끗이 잊고 일이 순리대로 풀려가도록 지켜보는 것이 오히려 훨씬 도움이 될 것이다. 톰은 후아니타 덕분에 이런 이치를 깨우쳤다. 그는 인생을 보람차게 살아갈 의미를 얻었다.

하지만 꿈의 끝부분에 뭔가가 있었다. 문제는 그게 무엇인지 잘 떠오르지 않는다는 사실이다. 분명 뭘 흘려보았는데 그게 뭔지 알 수 없어 개운치 않았다. 무얼 잊은 걸까. 여행을 끝냈음에도 톰은 자신이 꿈을 끝까지 꾸지 못했다는 느낌을 받았다. 물론 왜 그런지 설명할 수는 없었다.

'아무렴 어때? 나는 이미 후아니타를 만났는데.'

톰은 다시 미소를 지었다. 그의 인생은 이제 의미로 충만했다. 아마도 두 사람의 인생을 서로 맺어주는 것과 관련한 내용이 아닐까. 톰은 이제 곧 결정적인 때가 찾아오리라는 것을 잘 알았다. 그녀에게 청혼할 생각에 톰의 심장이 빠르게 뛰었다.

그래도 찜찜한 기분은 있었다. 그를 꿈에서 깨운 것은 뭔가 어두운 것이었다. 톰은 그게 어두컴컴했다는 것만큼은 똑똑히 기억했다. 모든 시름을 털어낸 홀가분함에 갑자기 드리웠던 그 어둠의 정체는 무엇일까. 해몽가 노인이 기묘하게도 서둘러 자리를 떴던 것이 개운치 않아 꿈에 여운을 남긴 걸까. 아무래도 노인에 대한 걱정을 꿈까지 지니고 갔던 모양이다. 톰은 암울한 쪽으로 자신을 유도하는 잡념에 빠지지 말자고 다짐하며, 찜찜한 기분을 털어냈다. 조금 있으면 후아니타를 만난다. 그리고 톰은 오늘 저녁 청혼을 할 것이다.

27

해몽가 노인은 서둘러 마을을 떠났다. 그는 청년이 다시 겪게 될 쓰라린 아픔이 안타깝기만 했다. 예전에 처음 보았을 때는 암담함이 그의 눈빛을 물들이고 있었다면, 지금 그의 눈을 가로막는 것은 환희, 더 정확히 말해 사랑이었다. 이번에야말로 청년에게는 자신의 도움이 절실히 필요하겠다 생각하며 노인은 걸음을 서둘렀다.

들을 지나고 산을 넘어가던 노인은 핑카 쪽으로 먹구름이 몰려가는 것을 보았다.

'죽음은 언제나 상실감을 안기며 인생을 다시 돌아보도록 요구하지. 누군가를 떠나보내며 그 여행에 상응하는 대가를 바치도록 요구한다고 할까.'

네판테에서 청년을 처음으로 만났을 때 이 이야기를 해줬어야 하지 않을까? 계곡 중턱의 언덕 위로 몰려드는 먹구름을 바라보며 노인은 가슴이 무너지는 깊은 슬픔을 느꼈다. 청년에게 경고해주고 싶었다. 하지만 경고해준다 한들 이미 벌어질 일을 바꿀 수는 없음을 노인은 익히 알았다.

'일어날 일은 일어날 수밖에 없으니까.'

누구도 운명에 간섭할 권리는 없었다. 노인은 자신이 간섭할 수 없음을 알았다. 인생은 계획한 것을 실행에 옮길 뿐이다. 노인이 그걸 막을 수는 없었다.

청년은 자신이 세 번째 시험을 치러야 한다는 점을 까마득히 잊었다. 행복에 빠진 나머지 자신의 꿈을 끝까지 꾸지 못했다는 점을 간과한 것이다. 그는 아직 시험 하나를 더 치러야만 했다. 그것도 가장 어려운 시험을.

사람들은 대개 이 마지막 시험에 무너진다. 지주만 하더라도 예전에 소유했던 부동산을 잃은 상실감을 극복하지 못했다. 핑카를 짓고 계곡의 땅을 굽어보는 것이 꿈이었음에도 그는 핑카를 개축할 힘을 더는 발휘할 수 없었다.

청년도 자신이 지금껏 전혀 알지 못했던 사랑을 자신의 꿈으로 여겼다. 그러나 이 또한 착각이다. 사랑은 그 자체로 충만한 것이기 때문이다. 사랑은 서로의 존재를 확인하고 보듬어줄 수는 있지만, 인생의 꿈이 될 수는 없다. 노인은 청년에게 사랑이 꿈과 직결될 수는 없다는 사실을 말해줬어야 한다고 자책했다.

물론 사랑은 죽음을 넘어서며, 결코 사라지지 않는다.

'바로 그래서 사랑이 우리를 그토록 아프게 하는 법이지.'

노인은 가슴을 저미는 것만 같은 아픔을 느꼈다.

'사랑은 영원히 지워지지 않는다. 사랑은 시간을 모르고, 공간도 모른다. 우리는 더는 이 세상에 살아 있지 않은 사람도 사랑한다.'

이 생각을 하는 노인의 가슴은 돌이 얹힌 것처럼 무겁기만 했다. 사랑은 순수한 영혼이 빚어내는 우주의 작품이고, 사람들을 결합해주는 것이다. 인생행로를 함께 걸어주는 동반자이자 좋은 안내자이기도 하다. 사랑은 서로의 심장을 보여주며 정다운 대화를 나누게 한다.

그러나 인생의 목표가 사랑은 아니다. 톰은 이 모든 것을 아직 더 배워야만 할 것이다. 그리고 이 배움은 매우 고통스러운 것이 되리라.

노인은 가슴이 무척 아팠다. 이번에는 청년에게도 생사가 달린 문제였다. 그는 불과 바람과 잿더미가 알려주지 않아도 이런 청년의 운명을 꿰뚫어 보았다.

이제 노인은 들판 한복판에서 숨을 고르며 온 정신을 집중했다. 그리고 세상의 힘들을 끌어모아 하늘에 호소했다. 그는 눈을 감고 조용한 자연의 언어로 나비들을 불러 모았다.

28

깜짝 선물을 준비하는 손길은 흥에 겨워 춤을 추는 듯했다. 후아니타는 깜짝 놀랄 톰의 얼굴만 생각해도 기뻤다. 그녀는 이 모든 것이 트랙터와 함께 시작되었음을 회상했다.

수개월 전, 집에 돌아온 아버지는 좀체 보기 어렵던 밝은 표정으로 트랙터 이야기를 했다.

'아니, 글쎄, 그 트랙터를 고친 젊은이가 있지 뭐냐.'

핑카가 새롭게 단장될 것이라고도 했다. 드디어 자신의 꿈이 이루어진다고 아버지는 감격했다. 후아니타는 아버지의 얼굴이 그처럼 생기가 넘치는 걸 처음 보았다.

그날부터 아버지는 전혀 다른 사람이 되었다. 매일 저녁마다 핑카가 새롭게 변신하는 모습을 신이 나서 이야기하는 아버지를 보며 딸은 아버지의 인생에도 화사한 색채가 되살아나는 거 같아 가슴이 뭉클했다. 색채는 오랜 세월 동안 아버지를 감쌌던 회색을 밀어냈다. 아버지는 핑카 덕에 새로운 생명력을 얻었다. 그래서 후아니타도 얼굴도 모르는 청년에게 깊은 감사와 관심을 가졌다. 핑카에서 첫 만남을 가졌던 그 저녁 훨씬 이전부터.

후아니타는 트랙터 운전을 전혀 배우지 않았다. 그녀는 지금껏 인생을 살면서 필요한 모든 것을 스스로 터득해왔다. 그만큼 자립심이 강했다. 후아니타는 톰과 함께 처음으로 트랙터를 타고 데이트를 했던 날을 떠올렸다. 그 커다란 기계에 올라타려니 약간 무서웠던 기억이 생생했다. 하지만 오늘은 직접 트랙터를 몰고 톰을 마중 나가고 싶었다.

후아니타는 이날 저녁의 이벤트를 오래전부터 계획했다. 장을 봐달라고 톰을 마을로 보낸 뒤 몇 가지 요리를 해놓고 그녀는 마을 장터 중앙의 우물 앞에서 톰을 만나기로 했다. 트랙터를 직접 몰고 가서 톰을 깜짝 놀라게 해줄 생각이었다. 그 커다란 기계를 직접 모는 자신을 보며 톰이 어떤 표정을 지을지 생각만 해도 즐거웠다. 그녀는 자랑스러운 얼굴로 자신을 올려다보며 스스로 트랙터 운전을 배운 거냐고 묻는 톰을 상상했다.

'그러면 난 모든 걸 스스로 배웠다고 자랑해야지.'

그녀는 미소를 지었다. 지금껏 살면서 필요한 무언가를 가르쳐줄 사람이 주변에 그렇게 없었던 것도 사실이다.

후아니타는 톰과 만나 트랙터를 타고 두 사람이 좋아하는 장소로 가고 싶었다. 아몬드나무들이 울창한 언덕의 꼭대기였다. 그곳에서 둘만의 소중한 시간을 보내면서 톰에게 특별한 질문을 하고 싶었다. 그녀는 모든 문제를 늘 혼자 해결해야 했다. 그런데 이제 드디어 자신의 시간을 함께 나눌 사람이 나타났다. 그가 그녀의 세계에 마법을 되돌려주었다. 소녀 시절 이후 만나지 못했던 마법이 드디어 그녀에게 돌아왔다.

후아니타는 어렸을 때 갑자기 찾아온 암울한 날들을 지금도 잊을 수 없었다. 아버지가 전 재산을 잃으면서 그 암울한 날들이 찾아왔다. 충격을 받은 아버지는 얼굴이 하얗게 질렸으며, 핑카와 함께 서서히 무너져갔다.

그러나 이제 그 아름다운 마법이 다시 찾아왔다. 후아니타는 톰과 함께 새롭게 꾸려갈 인생을 꿈꾸었다. 그녀는 자나깨나 톰의 생각을 했다. 핑카의 테라스에서 아름다운 석양을 톰과 함께 지켜보는 자신을 떠올리며 그녀는 가슴 깊은 곳에서 우러나는 행복을 맛보았다. 자신과 톰은 아이들을 낳아 키우며 함께 늙어가리라.

후아니타의 심장은 사랑으로 환호했다. 그녀는 두 눈을 감고 톰에게 청혼하는 순간 자신의 얼굴을 바라볼 그의 표정을 상상해보았다. 그가 행복으로 벅차서 큰 소리로 '그래, 좋아!' 하고 외치겠지? 이런 그림은 그녀가 떠올린 마지막 것이었다. 트랙터가 큰길로 진입하느라 우회전을 하는 순간 기우뚱하는 바람에 후아니타는 길옆 구덩이로 빠지고 말았고, 그대로 트랙터 아래 깔려 숨을 거두었다.

29

톰은 저녁에 핑카로 돌아와서야 후아니타의 죽음을 알았다. 이미 마을에서부터 뭔가 불길한 예감이 있었다. 약속 장소에 나타나지 않는 후아니타 때문에 걱정에 사로잡힌 그는 서둘러 핑카로 돌아왔다. 그리고 구덩이에 처박힌 트랙터를 본 순간 공포에 사로잡혀 정신없이 뛰었다. 최악의 상황이 비껴 가길 간절히 바랐지만, 현장을 확인하면서 그의 두려움은 진짜 악몽이 되었다.

사고 현장을 살피던 마을 사람들은 톰을 보며 어서 지주에게 알리라고 말했다. 그러나 톰은 완전히 넋이 나가서 꼼짝도 하지 못했다. 사람들은 결국 그를 테라스에 혼자 둘 수밖에 없었다. 톰이 지금 혼자 있고 싶다고, 자신이 할 수 있는 말은 오직 그뿐이라고 했기 때문이다.

톰은 심장이 칼로 도려내진 것같이 아팠다. 한때 사랑의 환희로 박동하던 심장은 이제 지독한 아픔을 만들어냈다. 톰이 살아서 느낄 수 있는 것이라곤 이 아픔뿐이었다. 그는 무슨 생각을 해야 되는지도 알지 못했다. 무엇을 느껴야 하는지도 알 수 없었다. 모든 힘이 썰물처럼 그에게서 빠져나갔다. 그의 영혼은 산산조각이 나버렸다.

핑카에는 산산조각 난 영혼의 파편만이 가득했다. 그 파편들은 핑카를 순식간에 폐허로 만들었다. 창고의 서까래에도, 트랙터에도 파편이 달라붙었고, 길과 울타리와 꽃과 아몬드 나무에도 수북하게 파편이 쌓였다. 톰이 후아니타를 처음 보며 넋을 잃었던 그 계단도 파편들로 뒤덮여 형체를 알 수 없었다. 석양에 테라스에 서서 그녀가 짓던 미소는 그의 머릿속에서 깨져버렸다. 그의 영혼이 이곳에서 새 생명을 얻도록 도왔던 모든 것이 그 순간에 죽어버렸다.

톰은 테라스에 넋을 놓고 앉아 있었다. 그의 공허한 눈길은 앞에 보이는 계곡마저 밀어냈다. 심지어 그 텅 빈 눈길조차 그에게는 격심한 아픔을 안겼다.

'하늘이 내게서 모든 것을 앗아가기로 결정했다면 그것을 무슨 수로 막겠는가.'

이것이 그 순간 그를 사로잡고 있는 생각이었다. 톰은 후아니타의 죽음이 자연적인 순환이자 순리일 뿐이라고 애써 자위하려 했다.

'숨을 들이마시는 들숨이 있다면, 숨을 내쉬는 날숨이 있겠지.'

이런 순환은 생명의 전제 조건이다. 하늘은 그동안 톰에게 선물을 베풀었다. 네판테, 핑카, 후아니타를 향한 사랑을⋯. 그리고 하늘은 이제 대가를 요구했다. 그러나 톰이 지금 치르는 대가는 최후의 호흡에 바로 이어지는 날숨 같았다.

에메랄드가 담긴 상자는 뚜껑이 열린 채 그의 옆에 아무렇게나 팽개쳐졌다. 톰은 에메랄드를 힘이라고는 하나도 없는 지친 눈빛으로 바라보았다. 에메랄드의 날카로운 모서리가 햇빛을 받아 반짝였다.

톰은 그 모서리에 손가락을 다쳤을 때를 떠올렸다. 그때는 핑카에서 맞이한 첫날 저녁이었다. 악몽과도 같은 고통 속에서 톰은 그날의 아픔을 생생히 느꼈다. 손가락의 상처는 나았으며, 악몽에서 두려움에 떨게 했던 협곡도 사라졌고, 모든 불행으로부터 풀려난 것처럼 보였다. 그러나 지금의 이 상처는 절대 치유될 수 없으리라. 죽음은 돌이킬 수 없는 마침표다. 아버지가 돌아가셨을 때 이미 그는 죽음이 찍는 마침표를 피부로 느끼지 않았던가.

당시에도 톰은 디디고 설 발판을 잃은 것처럼 삶이 속절없이 무너지는 혼란을 겪었다. 하지만 그것들은 일종의 배경일 뿐이었다. 반면, 후아니타의 죽음은 그토록 강렬한 의지로 살기 원했던 인생을 바수고 말았다. 존재의 의미와 기쁨과 미래를 약속받았던 그의 인생을⋯.

'이제 그녀는 죽었다. 이 상처는 절대 치유될 수 없어.'

톰은 다시금 에메랄드를 바라보았다.

'너는 나를 지켜주었어야 했어. 하지만 그때처럼 너는 나를 다치게 만들었어.'

톰은 손가락에 자상을 입고 에메랄드가 자신을 지켜주는 순기능만 가진 게 아니라, 해치는 역기능도 가졌다고 생각했다. 그러나 후아니타의 죽음은 단순한 상처와는 비교도 안 될 정도로 참혹했다.

'이 보석이 너를 지켜줄 거야. 이것을 지니고 있으면 너는 무사할 거야.'

아버지가 늘 하던 말이었다. 하지만 아버지의 말은 사실이 아니었다.

'다 거짓말이었어.'

어째서 아버지는 진실이 아닌 거짓말을 남겨준 것일까. 기적과 마법의 힘을 믿으라는 말은 거짓말이었다. 지치지 않고 꾸준히 추구하기만 하면 꿈이 이뤄지는 세상, 생각하는 모든 것이 실현되는 그런 세상은 존재하지 않는다.

'그래, 다 거짓말이야.'

톰은 쓰라린 눈물을 흘렸다. 분노와 절망이 빚어내는 눈물이었다.

'인생 자체가 거짓이지.'

인생에 의미 따위는 없다. 기쁨이 존재한다 하더라도, 이 기쁨은 곧 슬픔을 부른다.

'보석도 따지고 보면 그저 돌멩이에 지나지 않아.'

이 생각과 함께 톰의 정신에는 어둠이 깃들었다. 어둠은 이 생각을 계속 따르도록 부추겼고, 분노의 힘을 키웠다. 에메랄드도 거짓이고, 아버지가 남겨준 유물도 거짓일 뿐이었다. 네 판테, 해몽가 노인, 그리고 사랑… 이 모든 것은 인생 자체가 아무런 의미가 없다는 진실을 가리는 거짓이었다. 이런 확신에 톰의 가슴은 더욱 쓰라리기만 했다. 의미 같은 건 애초에 없었다. 우주는 우리의 인생에 무심할 뿐이다. 하늘이 우리의 인생을 돌봐준다는 말도 사람들이 생각해낸 최악의 농담이었다. 심지어 이런 농담을 웃어넘기든 아니든, 우주는 상관도 하지 않는다. 인생에 뭔가 신비한 의미를 더해주려는 모든 노력, 이를테면 저 해몽가 노인의 노력은 인생이 거짓이라는 이 비참하고도 서글픈 진실을 가리는 가짜들을 낳을 뿐이다. 어둠은 계속해서 톰을 암울한 생각으로 몰아붙였다.

'나는 이 모든 것이 거짓이라는 것을 증명해내고야 말리라.'

지금까지 죽은 것처럼 상자만 노려보던 톰의 눈길은 이제 에메랄드로 향했다. 햇살을 받아 반짝이는 에메랄드의 모서리는 칼날처럼 날카롭고 위험해 보였다. 아버지가 언제나 마법을 담고 있는 부분이라고 표현했던 날카로운 모서리는 햇빛을 받아 녹색의 단검처럼 반짝였다.

'이 돌이 나를 지켜주지 않는다는 것을 증명하고 말리라.'

이 생각과 함께 톰은 손으로 에메랄드를 움켜쥐었다. 그리고 깨부술 것처럼 있는 힘을 다해 짓눌렀다. 손가락 사이로 피가 번졌다.

'이것은 거짓이다.'

어둠은 갈수록 더 큰 소리로 외쳤다. 네 심장이 어디 있는지 너의 하트 보석에게 보여주렴. 어둠은 톰의 정신에게 속삭였다. 그의 내면의 눈은 피로 물든 단검이 자신의 가슴으로 파고드는 것을 보았다. 이제 그의 영혼은 마지막 남은 부분마저 산산조각이 났다. 돌이 심장을 파고드는 그 순간, 거짓은 파괴되고 이제 모든 것은 끝장을 맞으리라. 톰은 생각 속에서 이 미래를 향해 서둘러 달렸다. 바닥에 쓰러진 그는 피로 범벅이 된 자신의 몸이 핑카의 바닥과 하나로 녹아드는 것을 지켜보리라. 영원히 이곳과 하나가 되리라. 시간은 그의 몸을 짓밟고 핑카를 다시 폐허로 만들 것이다. 톰의 정신은 안타깝게 손을 허우적거리며 후아니타를 찾았다. 그녀와 이곳에서 함께 인생을 살고 싶었는데⋯. 그러나 그녀는 어디에도 없었다.

손에서 느껴지는 통증이 톰으로 하여금 자신이 움켜쥔 보석을 보게 만들었다. 이것은 거짓이다. 거짓을 끝내라! 어둠이 명령했다. 톰을 사로잡은 어둠의 눈, 더는 그 자신의 것이 아닌 눈은 손에 쥔 날카로운 돌에만 집중했다.

톰은 돌을 하늘을 향해 내던지려고 했다. 그 순간 무어라 형언하기 힘든 일이 일어났다. 무엇인가 에메랄드의 날카로운 모서리에 내려앉았다.

나비였다!

희망과 탈진이 뒤섞여 흘러내리는 뜨거운 눈물과 함께 톰은 돌을 바닥에 떨어뜨리고, 의자에 풀썩 주저앉았다. 햇살이 불에 타는 것만 같은 그의 두 눈을 수건처럼 덮었다. 그는 힘이 빠진 채 바닥을 알 수 없는 피로감으로 길고도 깊은 잠에 빠졌다.

30

"마지막 시험은 대체 어떤 것인가요?"

알라 킨은 먹구름을 보면서 근심이 가득한 표정으로 물었다. 인 라케치는 차츰 사막을 뒤덮고 있는 어둠을 바라보았다.

"직접 보세요."

인 라케치는 앞을 가로막는 모든 것을 빠르게 집어삼키는 어둠을 가리켰다.

알라 킨은 검은 먹구름의 위용을 보고 두려움에 몸을 떨었다. 나쁜 생각에 사로잡히지 않는 법을 배우기는 했지만, 지금 보는 광경은 공포를 자아내기에 충분했다. 시커먼 어둠은 그를 집어삼킬 것처럼 위협했다.

어둠은 사막에 있는 모든 것을 빨아들이는 거대한 블랙홀이었다. 지평선도 어둠에 삼켜져 흔적을 찾을 수가 없었다. 먹구름은 빠른 속도로 퍼지며 점점 더 규모를 키웠다. 거대한 블랙홀이 접촉하는 것마다 남김없이 집어삼켰다. 톰은 속수무책으로 어둠을 응시했지만, 먹구름이 퍼지는 속도는 갈수록 더 빨라졌다. 사막의 모래가 블랙홀로 빨려들면서 엄청난 돌풍을 일으키자 하늘도 조각조각 무너져 내렸다.

알라 킨은 시커먼 구멍이 갈수록 힘을 키우면서 자신을 집어삼킬까 봐 두려움에 떨었다. 어둠이 마지막 햇빛을 삼켰을 때 돌풍의 한복판에서 그는 인 라케치에게 큰 소리로 외쳤다.

"저게 뭔가요? 어디서 이 어둠이 나타난 겁니까?"

돌풍은 인 라케치의 얼굴을 일그러지게 만들었다. 그의 옷은 바람에 강하게 펄럭였다.

"돌풍은 당신이 몰고 온 거예요."

인 라케치가 대답했다.

"죽고 싶다는 당신의 갈망이 돌풍을 불러일으켰어요."

알라 킨은 바람이 너무 강해 그게 무슨 말인지 알아듣지 못했다. 야자나무가 꺾이며 높다란 반원을 그리더니 구멍 안으로 빨려 들어갔다. 알라 킨의 나귀도 어둠의 장막을 찢고 그 안으로 그대로 사라졌다. 알라 킨은 너무나 놀란 나머지 입을 떡 벌리고 그 장면을 지켜보았다.

"도대체 내가 무얼 어떻게 해야 하는 거죠?"

알라 킨이 인 라케치를 향해 외쳤다. 곳곳에서 모래 회오리 바람이 일어나고 돌풍이 불어대는 통에 알라 킨은 옆에 있는 베두인도 거의 알아볼 수 없을 지경이었다. 무릎을 꿇은 그는 인 라케치가 돌풍에도 촛대처럼 꼿꼿하게 서 있는 것을 보았다. 블랙홀이 점점 더 가까이 다가오면서 모든 땅을 삼켜버렸다. 베두인은 꼿꼿하게 서 있다가 그대로 하늘로 날아가 포효하는 암흑 속으로 사라져버렸다.

"인 라케치!"

알라 킨은 혼신의 힘을 다해 그를 불렀다. 그리고 그 순간 모든 희망을 놓아버렸다. 마치 그가 가진 삶의 모든 의욕이 그 구멍 안으로 사라진 것처럼 보였다. 그는 자신의 영혼이 이미 오래전에 의지할 곳을 잃고 어둠 속으로 돌진하는 것을 느꼈다. 반면 그의 몸은 여전히 사막 한가운데 웅크리고 앉아 꼼짝도 하지 못했다.

주변의 모든 것이 검은색이었다. 눈을 감고 영원한 어둠에 사로잡히기 직전 알라 킨은 보았다. 블랙홀 안에서 무엇인가 반짝였다.

단지 짧은 반짝임일 뿐이었다. 그 빛이 어디서 나오는지, 그게 무엇인지 확인하기는 힘들었다. 하지만 알라 킨은 그 반짝임을 다시 찾아내고자 암흑 속을 노려보았다. 그리고 실제로 그가 남은 힘을 쥐어짜가며 어둠을 살폈을 때, 다시 한번 빛이 반짝했다. 그리고 한 번 더, 한 번 더….

반짝임은 갈수록 빨라지면서 커지기 시작했다. 어둠의 한복판에서 그 빛은 갈수록 커지다가 마침내 그 근원이 윤곽을 드러냈다. 그것이 반짝이는 빛을 끊임없이 내보내고 있었다. 암흑을 몰아내고 희망의 서광이 비치는 것만 같았다.

돌풍은 천천히 잦아들었다. 모래가 다시 땅에 쌓이고, 하늘이 돌아왔다. 햇살이 다시 비치기 시작했다. 그리고 검은 지평선에서 알라 킨이 작은 희망의 서광으로 보았던 것은 이제 그의 앞에 우뚝 섰다. 야자나무와 나귀도 다시 돌아왔다.

"이제 알겠어요?"

베두인의 목소리가 들렸다. 인 라케치는 그의 옆에 침착하게 서서 사막 한복판에 자태를 드러낸 그 반짝이는 물체를 바라보고 있었다. 그것은 거대한 녹색의 에메랄드였다. 사막의 모래를 뚫고 하늘 높이 솟아오른 에메랄드. 그것이 알라 킨의 세계를 그 반짝이는 빛으로 다채롭게 물들였다.

비록 이렇게 거대한 크기는 아니지만 그것은 알라 킨이 익히 알던 것이었다. 하늘의 해가 그것을 비추면서 굴절된 빛들이 다채로운 빛의 향연을 만들어냈다. 알라 킨은 그것이 무엇인지 알아보았다. 그의 앞에 선 것은 엄청난 크기의 프리즘, 에메랄드로 이뤄진 거대한 피라미드였다.

"저 안으로 들어가 중심을 찾아보세요."

인 라케치가 말했다. 알라 킨은 베두인과 피라미드를 번갈아 바라보았다. 피라미드 내부에서는 빛의 잔치가 벌어진 듯했다. 모든 공간과 홀이 아름다운 빛살로 가득 찼다. 알라 킨은 그 광경을 넋을 놓고 바라보았다.

"입구는 어디죠?"

잠시 뒤 알라 킨이 물었다. 그러나 그는 허공에 대고 질문했음을 알아차렸다. 인 라케치가 다시 흔적도 없이 사라져버렸기 때문이다.

정오의 태양이 하늘 가장 높은 곳에 떠서 거대한 피라미드를 비추었을 때, 이 프리즘은 그 안의 모든 통로와 방에 루비와 에메랄드를 쏟아놓은 것처럼 온갖 빛깔이 어우러진 장관을 연출했다. 알라 킨은 바깥에서 피라미드 안에서 벌어지는 빛의 향연을 구경했다. 바닥에 반사되어 굴절된 빛들은 무지개를 만들어냈다. 그 무지개의 정중앙에 커다란 입구가 있었다. 피라미드의 발치에서 자태를 드러낸 입구는 성문을 연상케 할 정도로 웅장했다.

"들어가 볼까?"

알라 킨은 코르메움이 말하는 소리를 들었다. 뒤돌아보지 않고도 나귀가 뒤에서 나타나 자신의 옆에 선 것을 알 수 있었다. 침착하고 신중하게 알라 킨은 피라미드 입구로 발걸음을 옮겼다. 입구로 오르는 계단은 끝이 없어 보였다. 루비의 붉은 빛이 오팔의 푸른빛으로, 에메랄드의 푸른빛이 황금의 노란빛으로 번갈아가며 바뀌었다. 마치 빛의 바다처럼 보였다. 알라 킨과 나귀가 마침내 입구에 도착하자 문은 저절로 활짝 열렸다. 피라미드의 내부는 무지개 속이 이런 모습이지 않을까 하는 인상을 불러일으켰다.

알라 킨은 잠시 머뭇거리다가 마침내 과감하게 문 안으로 들어섰다. 빛의 바다는 따스하면서도 친근했다. 그러나 알라 킨은 빛도 부정적인 이면을 가지고 있다고 생각했다. 저 빛들이 가진 에너지가 올바른 방향으로 흐르지 않고 역으로 누군가를 겨눈다면 그 파괴력은 더 크고 그만큼 차갑고 잔혹할 수 있다.

"어디 한번 도전해볼까?"

알라 킨은 코르메움에게 물었다. 이에 화답하기라도 하듯 나귀가 뚜벅뚜벅 뒤따라 들어왔다. 얼마 후 알라 킨과 나귀는 그 빛의 세계로 사라지듯 스며들었다.

알라 킨은 나귀를 타고 피라미드 안을 오랫동안 헤매고 다녔다. 피라미드는 그 자체로 하나의 거대한 미로였다. 모든 통로가 저마다 다른 색의 빛으로 출렁였다. 어떤 통로를 지나갈 때 알라 킨은 각각의 색을 가진 빛의 에너지가 자신과 결합하는 것을 느꼈다. 이 에너지는 그의 내면에 숨어 있던 무엇인가를 발산시켰다. 내면에서 일어나는 에너지의 소용돌이에 자극을 받아 알라 킨은 오랜 전설을 떠올렸다.

'이 피라미드는 곧 나의 내면이야.'

알라 킨은 자신이 지나가는 다양한 빛깔의 통로들이 내면의 차크라Chakra°라는 것을 깨달았다.

'나는 올바른 길을 가고 있는 게 틀림없어.'

그는 이렇게 생각하며 베두인이 했던 말을 떠올렸다.

'저 안으로 들어가 중심을 찾아보세요.'

알라 킨은 길을 잘 가고 있을 때에는 에너지가 자신을 기분 좋게 만들어준다는 것을 알아차렸다. 붉은빛의 통로에서 그는 온기와 안정감을 느꼈다. 그는 어머니 지구와 결합했으며, 자신이 이 세계에서 보호받는 아이라는 참으로 평온한 감정을 맛보았다. 그러나 잘못된 길을 갈 때에는 정반대의 효과가 나타났다. 나귀의 등에 올라탄 알라 킨은 자꾸 균형을 잃었고,

○ 산스크리트어에서 온 단어로, 원래는 원 또는 바퀴를 의미한다. 인간의 몸 곳곳에 위치한 정신적 힘의 중심점을 가리키는 것으로 힌두교와 불교가 중시하는 개념이다. — 옮긴이

떨어지지 않으려 안간힘을 썼다. 안전하고 편안하다는 느낌 대신 두려움이 있었고, 결합이라는 든든한 감정 대신 홀로 이 세상을 헤매는 아이의 공포가 느껴졌다.

하지만 지금 이 순간에 충실하게 사는 법을 배운 알라 킨은 색채의 에너지가 빚어주는 편안한 느낌을 즐겼으며, 공격적이고 부정적인 에너지가 주는 불길한 느낌은 평온한 내면의 여유로움으로 밀어냈다. 이처럼 자신의 내면에 집중하면서 그는 미로에서 정확한 길을 찾고, 잘못 접어든 길은 이내 바로잡는 감각을 키웠다.

알라 킨은 나귀를 타고 오랫동안 피라미드의 구석구석을 누비면서 인간 감정의 다채로운 속내를, 지극한 아름다움과 경악스럽기 짝이 없는 기괴함을 낱낱이 보았다. 그러면서도 그 자신은 나귀 위에서 침착하고 평온했다.

순간에 온전히 몰입하면서 알라 킨은 자신이 언젠가 나귀를 타고 이 여행을 한 듯한 느낌을 받았다. 한때 깨달아 알았지만, 다시 잊어버려 내면 깊숙이 묻어둔 깨달음이 다시 떠오른 것처럼.

알라 킨은 나귀를 타고 끝이 없어 보이는 피라미드의 통로를 오랫동안 거닐었다. 그리고 이제 천천히 그 끝이 다가옴을 느꼈다. 그는 에너지의 흐름에 따라 통로를 구분하면서 잘못된 방향으로 빠지는 것을 거듭 피했다. 이 과정에서 느리기는 했지만 확실하게 자신의 몸에서 모든 에너지들이 완벽한 조화를 이뤄나가는 것을 감지했다. 드디어 완전히 조화로운 순간에 그는 자신이 위치한 통로의 끝에 눈부신 빛으로 감싸인 어떤 형태가 있는 것을 보았다.

마침내 도착했다는 지극한 평화로움으로 알라 킨은 자신 앞에 나타난 인물을 향해 나아갔다. 나귀를 타고 통로를 벗어난 그는 놀랍게도 자신이 피라미드 바깥으로 나왔음을 확인했다. 다시 피라미드 입구였다. 눈부신 빛은 햇빛이었고, 계단 꼭대기의 커다란 문 앞에 서 있는 사람은 베두인이었다. 그가 다시 말했다.

"저 안으로 들어가 중심을 찾아보세요."

알라 킨은 베두인이 자신에게 내주었던 숙제를 떠올렸다. 이해가 되지 않았다. 중심을 찾기 위해 꾸준히 걸었는데 어찌된 일일까? 어디서 길을 잘못 들어선 걸까? 알라 킨은 나귀를 되돌려 다시 피라미드 안으로 들어갔다. 온전히 집중해서 피라미드 안을 헤매던 그는 또다시 입구 앞에 섰다. 인 라케치는 중심을 찾으라고 새롭게 말했다. 알라 킨은 자신의 정신이 길어낼 수 있는 모든 힘을 끌어 모아 미로를 통과하는 정확한 길을 알아내려 집중했다. 초조함과 짜증과 분노로 이끄는 에너지에 맞서야 했다. 또 마음의 기쁨이 지나친 교만으로 자라나지 않도록 힘쓰고 통로를 지나며 빛의 색채들과 혼연일체를 이루어야 했다. 하지만 아무 소용이 없었다. 모든 길은 그를 결국 다시 입구로 이끌었으며, 그때마다 그는 베두인의 의미심장한 경고를 들어야만 했다.

알라 킨은 포기하고 싶은 마음이 굴뚝같았다. 해는 이미 저물어 지평선에 걸렸으며, 프리즘을 통해 피라미드가 보여주는 색채의 장관도 서서히 빛을 잃었다. 사막의 태양이 피라미드 입구 위를 비추며 커다란 그림자를 만들었을 때 비로소 알라 킨은 그동안 자신이 무엇을 놓치고 알아보지 못했는지 깨달았다.

매번 나귀를 타고 입구를 드나들면서도 그 아치형 문 위에 새겨진 글씨를 보지 못했다. 글씨는 의식하고 고개를 들어 봐야만 알아볼 수 있었다. 대체 무어라 쓰였는지 살피던 알라 킨은 드디어 중심을 찾으라는 숙제가 무엇을 뜻하는지 깨달았다. 그는 입구 바로 앞에 서서 저무는 사막의 태양을 등지고 서 있는 인 라케치를 바라보았다.

"이제야 알았군요."

베두인은 알라 킨에게 온화한 미소를 지었다.

"이게 무엇을 뜻하는지 깨쳤다면 이제 당신이 가야 할 길은 오로지 하나뿐이죠."

알라 킨은 고개를 끄덕였다.

"이 길은 오로지 당신 혼자서만 가야 합니다."

이 말을 들으며 알라 킨은 가슴 한구석이 아련해지는 아픔을 느꼈다. 그는 가슴속에 차오르는 슬픔에 사로잡히지 않으려고 안간힘을 쓰면서도 몸 안에서 따뜻하게 퍼지는 작은 고통에 자신을 맡겼다.

"이 또한 지나갈 거예요."

인 라케치가 여전히 미소를 지으며 말했다.

"우리가 진짜 작별하는 것은 아니에요. 악수할까요?"

이 말과 함께 인 라케치는 손을 내밀었다. 알라 킨은 그의 손을 잡으려 했다. 그러나 그 순간 자신의 손가락이 베두인의 손과 합쳐지며 사라지는 것을 보았다. 마치 호수에 손을 집어넣듯이 그와 하나로 녹아드는 느낌에 알라 킨은 흠칫 몸을 떨었다. 그런 다음 그의 팔이 인 라케치의 팔과 하나가 되었다. 그렇게 하나로 융합하면서 알라 킨은 마지막으로 베두인의 얼굴을 보았다. 작별을 위해 알라 킨에게 남은 것은 오로지 겸허한 자세로 예를 갖추는 것뿐이었다. 그는 가볍게 머리를 숙여 인사하며 말했다.

"인 라케치, 그럼 이제…."

"알라 킨, 나에게는 정말 큰 기쁨이었어요."

베두인이 화답했다. 이제 알라 킨은 수면에 비친 자화상과 하나가 되듯, 인 라케치와 하나가 되었다. 이제 그는 자신이 진짜 누구인지 기억해냈다.

지평선에 걸린 태양이 슬슬 넘어가면서 피라미드 입구 위에 걸렸던 글귀도 차츰 자취를 감추었다. 인류가 쓴 아주 오래된 언어 가운데 하나로 돌에 새겨진 글귀는 이러했다.

"인 라케치 알라 킨."

31

톰은 눈을 떴다. 누군가 그를 흔들어 깨웠다. 그의 눈에 충격으로 일그러진 얼굴이 들어왔다.

"여보게, 이게 어떻게 된 거야? 괜찮은가?"

그의 앞에 선 사람은 송장처럼 얼굴이 하얗게 질린 지주였다. 그의 눈이 톰의 손으로 향했다. 그의 눈길을 따라간 톰은 피범벅이 된 채 의자 팔걸이에 걸쳐진 자신의 손을 발견했다.

천천히 정신을 추슬렀다. 테라스에서 피범벅이 된 손을 팔걸이에 올린 채 쓰러진 자신의 몰골을 보면 누구나 화들짝 놀랄 수밖에 없을 것이다. 톰은 후아니타의 죽음이 피할 수 없는 현실이라는 것을 다시 깨달았다. 칼이 심장을 파고드는 아픔이 느껴졌다. 격심한 슬픔에 사로잡히기 전에 톰은 한 가지만

큼은 유념해야 한다고 자신에게 다짐했다. 지주를 더 큰 슬픔에 빠뜨리는 행동만은 피해야 했다.

'후아니타도 그건 원하지 않을 거야.'

톰은 여전히 넋이 나간 듯한 지주를 안심시키려 했다.

"괜찮습니다. 그저 크게 베이는 바람에 정신을 잃었어요. 피는 더 나지 않습니다."

톰은 지주가 눈물을 참느라 안간힘을 쓰고 있다는 걸 알았다. 그 순간 트랙터가 머릿속에 떠올랐고, 어쩔 수 없이 후아니타가 트랙터 탓에 사망에 이르렀다는 것도 떠올랐다. 톰은 솟구치는 눈물을 참지 못했다.

지주도 톰이 무얼 생각하는지 알아차렸고, 그 자리에 무너져 어린아이처럼 얼굴을 톰의 무릎 사이에 묻고 소리 내어 울었다. 톰 역시 지주의 머리를 부여안고 함께 울기 시작했다. 그렇게 서로 부둥켜안고 한동안 하염없이 눈물만 흘렸다. 두 사람은 인생에서 가장 소중한 사람을 잃었다. 두 사람 모두 죄책감을 느꼈다. 핑카가 없었다면, 두 사람이 만나지 않았다면 트랙터도 없었으리라. 두 사람 모두 이런 사실에 저주를 퍼부었다.

마침내 두 사람은 서로의 얼굴을 마주 보았다. 그리고 상대의 눈에서 똑같은 물음을 읽어냈다. 도대체 왜 우리는 꿈을 포기하지 못했을까?

"꿈은 늘 제물을 요구하거늘."

두 남자는 어디선가 불쑥 이렇게 말하는 목소리를 들었다. 그들 앞에는 마치 하늘에서 떨어지기라도 한 것처럼 해몽가 노인이 서 있었다. 노인은 톰이 살아 있는 걸 보며 안도의 한숨을 내쉬었다. 최소한 이번만큼은 자신이 너무 늦지 않아 다행이라고 그는 생각했다.

"꿈을 위해 어떤 제물을 바쳐야만 하는지 당신은 얘기한 적이 없잖아요."

톰은 지주가 떨리는 목소리로 노인에게 외치는 것을 들었다. 그럼 그도 노인을 알고 있었던 건가?

"모든 꿈은 나를 부르지요. 심지어 잘못된 꿈도."

노인은 톰의 생각을 읽어내고 그에게 이렇게 말했다.

지주 역시 노인이 청년을 이미 알고 있었다는 사실을 의아하게 생각했다.

"그럼 이 저주받은 여행에 자네를 보낸 게 저 노인인가?"

지주는 떨리는 목소리로 물었다. 목소리에는 분노가 묻어났다. 톰은 고개를 끄덕였다. 두 남자는 함께 해명을 요구하는 눈빛으로 노인을 바라보았다.

"이 마지막 시험에 당당히 맞서든지, 아니면 영원한 패배자가 되든지, 선택은 당신의 손에 달렸어요."

노인이 톰에게 말했다. 그리고 엄한 눈길로 지주를 바라보며 그가 어떤 반응을 하기도 전에 계속 말했다.

"지금 당신이 포기한다면 저 지주와 같은 처지가 되는 걸 피할 수 없을 겁니다. 당신이 꿈에서 등을 돌린다면 그 선택만으로도 꿈 자체가 잘못된 것이었음이 드러날 테죠. 하지만 이 시험을 통과한다면 당신이 추구해온 것이 이루어질 겁니다."

톰은 노인의 말이 무엇을 뜻하는지 곰곰이 생각했다.

"꺼져버려!"

지주가 노인을 향해 외쳤다.

"당신은 나에게 오로지 불행만 안겨주었어!"

노인은 동정심이 어린 눈빛으로 지주를 보았다.

"아니, 당신이 불행을 자초했을 뿐입니다. 꿈을 시작한 사람은 그 끝마무리도 해야만 해요. 그걸 하지 않는 탓에 실패하는 거죠. 이 실패의 책임을 져야 하는 사람은 바로 당신입니다."

톰은 그 말을 들으며 지주의 눈빛에 자신이 이미 알고 있는 어떤 것이 뒤섞이는 것을 보았다.

"당신은 내게 핑카를 약속해주었어. 이곳에서 내가 소유한 모든 땅을 굽어볼 수 있다면서. 그런데 봐! 내 딸이 죽었어!"

톰은 지주에게 어둠의 기운이 퍼지는 것을 고스란히 느꼈다. 그 어둠은 자신이 익히 경험했던 것이었다.

"당신이 나를 속였어."

지주의 화는 갈수록 거칠어졌다.

'당신이 나를 속였어.'

이 말은 톰의 머릿속에 긴 울림을 남겼다. 자신도 바로 그렇게 생각하지 않았던가? 깊은 깨달음이 온몸을 휘감았다. 톰은 자신의 작은 상자에 다시 에메랄드를 담은 뒤 호주머니에 넣었다. 그는 지주의 얼굴에서 어둠을 보았다. 그것은 불행을 품은 암흑이었다. 깨부술 것처럼 에메랄드를 움켜쥐고 절망에 빠진 자신과 싸웠을 때 꿈에서 본 그 암흑이었다. 톰은 상처로 너덜너덜한 자신의 손을 내려다본 뒤, 지주가 분노로 계속 어둠을 키우는 것을 안타까운 마음으로 바라보았다.

"이것을 잘 새겨두세요."

노인은 이제 톰을 보고 말했다.

"저 사람은 자신의 꿈을 살려낼 수 없었습니다. 그리고 이제 그 책임조차 지지 않으려 하는군요."

톰은 이미 오랫동안 친밀한 관계를 맺어온 지주를 슬프고도 안타까운 눈빛으로 바라보았다. 무슨 말이든 위로가 될 말을 해주고 싶었지만, 지주는 톰의 생각을 읽어내기라도 한 것처럼 그를 보고도 소리를 질렀다.

214

"너도 꺼져버려!"

그래도 성이 풀리지 않았는지 그는 이렇게 덧붙였다.

"너 때문에 내 딸이 죽었어!"

이 말이 톰의 가슴을 찔렀다. 그는 지주의 눈을 차분하게 바라보았다. 더는 톰이 알던 눈이 아니었다. 화를 이기지 못한 지주는 둘 사이를 묶어주던 모든 것을 영원히 짓밟아버리는 말을 했다.

"네 놈의 트랙터가 내 딸을 죽였어. 너는 살인자야!"

이 말과 함께 톰이 낡은 별장에 다시 영혼을 불어넣어준 이래 두 남자를 엮어주던 끈은 끊기고 말았다. 저주는 생각으로만 머무를 때는 무해할 수 있지만, 일단 말로 내뱉어지면 영원한 파괴력을 자랑한다. 조금 전만 해도 두 사람은 슬픔으로 하나였다면, 저주는 두 사람을 타인으로 갈라놓았다.

해몽가 노인과 톰이 이미 오래전에 떠났음에도 지주는 여전히 분노에 휩싸여 핑카의 테라스에서 하염없이 눈물만 흘렸다. 증오와 암흑이 그의 심장을 독으로 물들였다. 하지만 그는 노인과 톰, 또는 세상의 그 누구보다도 자기 자신을 증오했다. 이제 핑카는 암흑에 묻히고 말았으며, 이 어둠의 집에서는 인간의 채워지지 않은 꿈들이 모여 서로 탄식하며 구슬피 울 뿐이었다.

32

"이제 저는 무얼 해야만 하죠?"

여전히 깊은 슬픔이 묻어나는 차분한 목소리로 톰이 노인
에게 물었다. 두 사람은 오랫동안 정처 없이 함께 걸었다. 핑
카는 이미 멀어진 지 오래였다. 마치 전혀 다른 세상에 속하는
것처럼 보일 정도로.

"여기서 당신은 어디로든 갈 수 있습니다."

한동안 침묵한 끝에 노인이 말했다. 들판을 건너고 산을 넘
으며 끝없이 걷던 두 사람은 어떤 길에서 표지석이 있는 작은
공터를 만났다. 톰은 표지석 위에 앉아 잠시 쉬기로 했다. 노
인은 그 앞에 조용히 서서 그저 먼 곳만 바라보았다. 톰은 이
공터에서 길이 여러 갈래로 뻗어 나간다는 것을 알아챘다. 노

인이 옳았다. 이곳에서는 어떤 길이든 골라서 갈 수 있었다.

"그렇지만 더는 제가 갈 수 있는 길이 없습니다."

톰은 노인의 눈을 바라보았다. 그는 삶의 의욕을 잃은 것도 아니고, 방향감각을 상실하지도 않았다. 다만 더는 나아갈 수 없는 인생의 지점에 도달했을 뿐이다. 그는 살아 있는 게 아니었으며, 그렇다고 죽을 수도 없었다. 미워하거나 사랑할 힘도 없었다. 충동에 내몰리거나 목표를 찾을 수도 없었다. 더는 지금 이 순간에 몰입할 수 없었다. 그저 화석처럼 지금 이 순간에 영원히 굳어질 것만 같았다.

"더는 갈 길이 없는 사람이 갈 수 있는 길은 오로지 하나뿐이죠."

노인이 말했다.

톰은 주변을 돌아보았다. 그의 눈에는 여러 개의 갈림길이 들어왔다. 톰은 그 길들이 자신을 어디로 이끌지 상상해보았다. 어떤 길의 끝에서는 핑카의 지주처럼 쓰라린 회한으로 속절없이 쇠락해가는 초췌한 몰골의 자신을 보았다. 다른 길은 그를 예전의 인생으로 되돌려놓았다. 거기서는 매일 추억만 붙들고 씨름하며 그 어떤 미래도 거부하는 인생, 늘 맴돌다 원점으로 돌아오는 인생을 살아가리라. 매일 틀에 박힌 것처럼 사는 일상은 기쁨은커녕 고통만 안기리라. 뭔가 이루어내려는 노력, 어떤 성취를 올리려는 인생은 뒷전에 팽개쳐두고 아직 힘이 남았을 때, 핑카의 테라스에서 스스로 목숨을 끊었어야 했다고 한탄만 늘어놓겠지.

세 번째 길은 그를 다시 여행길에 오르게 했다. 그는 네판테로 돌아가 다시 한번 와인을 맛보고 근심 없는 평화로움을 만끽하고 싶었다. 그러나 와인은 김이 빠져 텁텁하기만 하고, 쓰디쓴 뒷맛은 오히려 근심 없음을 흐려놓을 게 분명하다. 네판테를 처음 찾았을 당시 맛본 평화로움은 다시는 누릴 수 없을 것이다.

인생은 늘 같은 실수만 되풀이하는 구제불능의 늪이다. 물론 간간이 기쁜 일이 있을 것이고, 다시금 사랑의 감정이 샘솟기도 하리라. 하지만 그때마다 다시금 절망과 슬픔으로 몸부림을 치겠지. 어쨌거나 무엇을 느끼든 그의 인생은 매번 예전에 맛본, 아무 감흥이 없는 무료한 느낌만 복사할 뿐이리라. 계속 빛이 바래가는 인생을 살며 언젠가는 완전히 투명해지는, 누구에게도 존재를 인정받지 못하는 투명 인간이 된 자신을 그저 넋 놓고 지켜보기만 하는 인생은 얼마나 한심한가. 결국 인생의 막바지에 이르러 자신이 이 세상에서 사라진다 해도 누구도 그 부재를 알아보지 못하는 인간, 심지어 자기 자신조차 알지 못하는 사나 마나 한 인간이 되고 싶지는 않았다.

그 어떤 길도 희망을 열어주지 않는다는 점을 절감할 수밖에 없었다. 톰은 어느 길을 가든 소용이 없다는 생각에 실망한 나머지 자신이 앉은 작은 표지석에서 꼼짝도 하지 않았다. 차라리 그대로 돌이 되고 싶다고도 생각했다.

'지금 내가 앉은 이 작은 표지석과 하나가 될 수 있을까? 그럼 나는 이곳을 지나는 방랑자에게 길을 알려주는 이정표가 될 수도 있을 텐데. 나는 여기서부터 뻗어 나가는 모든 길을 아니까.'

이곳에 영원히 앉아 지나가는 사람들에게 길을 알려주면 좋겠다는 생각은 한동안 톰의 마음을 강하게 사로잡았다.

'그럼 나는 그나마 인생을 사는 보람을 맛볼 수 있으리라. 마주치는 사람마다 그가 원하는 방향을 일러주는 인생도 나빠 보이지는 않아. 내 경험이 사람들을 저마다 맞춤한 길로 이끌어줄 수 있겠지.'

그러나 어떤 길이든 실망과 환멸로 이끈다는 점을 그 자신이 너무 잘 알고 있지 않은가. 둘러 가고 돌아가기는 해도 지금껏 톰이 겪은 모든 길은 결국 제자리를 맴도는 무한반복이었을 따름이다. 살기 위해 먹고, 먹기 위해 사는 인생이었다. 톰 역시 '존재의 의미'를 찾지 못했는데 누구에게 어떤 길을 일러줄 수 있을까.

'나는 잘못된 꿈으로 이끄는 이정표일 수밖에 없겠구나.'

그 순간 지금껏 침묵하고 있던 노인이 불쑥 톰의 생각에 끼어들었다.

"당신에게 꿈을 읽는 법을 가르친 적은 없는데요?"

톰은 고개를 들어 노인을 올려보았다. 표지석에 앉아 생각에 잠겼던 톰이 어느덧 나비를 좇으며 자신도 이제 해몽을 할 수 있지 않을까 하고 눈빛을 빛내는 걸 노인은 놓치지 않고 읽어냈다.

'하긴 지금껏 내가 꿈의 징후라고 읽었던 게 오히려 쓰디쓴 실망과 고통의 나락으로 이끌지 않았던가.'

톰은 한숨을 내쉬었다. 첫 번째 시험을 치르며 순간에 몰입할 줄 알게 되었다는 자신감도, 후아니타에게 느꼈던 사랑도, 결국은 모두 지옥 불에 타는 것만 같은 아픔만 남겼다. 심지어 톰은 후아니타를 향한 사랑으로 자신의 시험이 아직 끝나지 않았음을 잊고 말았다.

"세 번째 시험을 위해 당신은 꿈의 징후를 읽을 줄 알아야 합니다."

노인이 말했다. 톰은 이게 무슨 말인가 싶어 노인을 의아한 눈초리로 바라보았다.

"징후는 아주 가까이 있어요. 그걸 따라가세요."

이 말을 듣고 톰은 고개를 숙여 자신이 앉았던 표지석을 바라보았다. 그가 내내 앉았던 표지석에는 실제로 뭔가가 있었다. 글귀는 아니었고, 일종의 피규어처럼 보였다. 언뜻 나비 화석처럼 보였다. 하지만 이내 그는 자신이 착각했음을 깨달았다. 표지석이 보여주는 것은 나비와 비슷한 형상이기는 했지만, 뭔가 달랐다. 톰은 앉은 자리에서 일어나 그것을 자세히 살폈다. 그때서야 돌 위에 새겨진 것이 무엇인지 분명하게 보였다. 그것은 조개 형상이었다.

"이 표지를 따라가세요. 그러면 이 길 끝에서 성당에 이르게 될 겁니다."

노인이 톰에게 말했다.

"나는 그 끝에서 당신을 기다리고 있겠습니다."

톰이 등을 돌려보니 노인은 이미 사라지고 없었다. 이번에 노인은 네판테에서처럼 톰을 먼저 보내지 않았다. 벽난로 앞에서 함께했던 저녁때처럼 슬그머니 사라지지도 않았으며, 작은 레스토랑에서 가졌던 마지막 만남 때처럼 도망가지도 않았다. 톰은 이번에는 노인이 꿈속의 베두인처럼 홀연히 사라졌다는 느낌을 받았다.

톰은 다시 조개를 살피며 노인이 옳았음을 깨달았다.

'당신은 중심을 찾아야만 해요.'

이것은 톰이 치러야 하는 시험이었다. 그는 순간의 소중함을 깨우쳤고, 도돌이표처럼 무한반복하는 인생의 덧없음도 배웠다. 이 두 가지 깨달음은 마지막 길을 가는 동안 톰에게 큰 힘을 주리라. 그는 길가에 놓인 커다란 나뭇가지 하나를 주웠다. 그리고 칼로 깎아 지팡이로 다듬은 뒤, 그것을 짚고 출발했다. 조개°가 가리키는 목적지는 산티아고 데 콤포스텔라였다. 그렇게 톰은 순례의 길에 올랐다.

○ 야곱의 조개. 순례자를 수호한다는 상징이 담겨 있다.— 옮긴이

33

'너는 누구냐?'

족히 몇백 킬로미터는 걸었을 때 톰은 이 질문을 들었다. 길이 그에게 질문을 던졌다. 길은 지나는 모든 사람에게 이렇게 물었다. 이 질문은 길이 관심을 가지는 유일한 것이었다. 하지만 톰은 무어라 답해야 좋을지 알지 못했다.

그의 오랜 여행은 세비야Sevilla에서 시작해 살라망카Salamanca를 거쳐 오렌세Ourense까지 이어졌다. 영원할 것만 같은 외로움을 뒤로한 채 그는 걷고 또 걸었다. 길을 걷는 내내 그는 마지막으로 꾸었던 꿈을 곱씹었다. 피라미드 안에 있는 미로를 걸으며 내면의 에너지가 가진 모든 색채를 경험한 것처럼, 지금 걷는 길도 그의 내면을 구석구석 비추었다. 길은 그를 어머니

지구와 하나로 맺어주었으며, 그로 하여금 생명의 에너지를 느끼게 해주었다. 길은 세상의 안팎을 밝히 가려볼 직관력을 그에게 선물로 주었다. 또한 길은 심장의 목소리에 귀를 기울이고, 영혼과 대화를 나눌 기회를 선물했다. 톰은 꿈의 말미에 베두인과 자신이 하나로 스며들었던 것을 선명히 기억했다.

'모든 것이 하나이며, 하나가 모든 것이다. 바깥세상이 우리의 내면세계와 같다. 위가 곧 아래인 것처럼.'

톰은 깨달음을 이렇게 정리했다.

그러나 톰은 자신이 걷는 기나긴 길이 무엇을 뜻하는지는 아직 알지 못했다. 아마도 길은 톰이 스스로 자신이 누구인지 깨우치기를 기다리는 것이리라. 존재의 의미를 아직 찾아내지 못한 탓에 꿈은 톰에게 이 길의 끝에서 무엇이 기다리는지 알려주지 않은 것인지도 모른다.

'너는 누구냐?'

이 질문에 답할 수 있으려면 중심에 도달해야만 할까? 아니면 톰이 꿈에서 찾아야만 했던 중심에 그 답이 숨어 있을까?

어느 날 저녁 톰은 모닥불을 피워놓고 쉬면서 그 불빛에 상자의 보석을 꺼내 살펴보았다. 이제 목적지까지는 100킬로미터 남짓 남았다. 그곳에 도착하기까지 톰이 꿈을 꿀 수 있는 밤은 얼마 남지 않았다.

'돌은 당신이 걸어갈 길을 이미 알고 있어요.'

노인은 네판테에서 만났을 당시 이런 말을 했었다. 이제 와서 돌이켜 보니 노인은 늘 옳은 말만 했다. 톰은 녹색 에메랄드를 주의 깊게 바라보았다.

'그래, 심장의 돌아, 나에게 말해주렴. 나는 누구지?'

톰은 대답을, 그 어떤 징후를 기다렸다.

"함께 앉을 수 있을까요?"

돌연 그의 등 뒤에서 어떤 남자의 목소리가 들렸다. 흠칫 놀란 톰은 재빨리 상자를 외투 호주머니에 집어넣었다. 톰이 등을 돌려 자리에서 일어서려 하자, 낯선 남자는 서둘러 만류하며 앉아 있으라고 했다.

"당신을 놀라게 하려던 건 아니었어요. 죄송합니다."

톰의 앞에는 중년쯤으로 보이는 남자가 서 있었다. 생김새로 미루어 그는 이 지역 사람은 아닌 듯했다. 그도 순례자임에 틀림없었다. 흰 피부와 갈색이 섞인 금발로 미루어 북유럽 출신으로 보였다. 게다가 남자의 몇 마디 되지 않는 말에서 북쪽의 강한 억양이 느껴졌다.

알고 보니 남자는 네덜란드 사람이었다. 그는 자신을 소개하며, 그 역시 산티아고 데 콤포스텔라로 가는 길이라고 말했다. 톰은 잘 알지도 못하는 사람과 대화를 나누고픈 생각은 별로 없었지만, 단칼에 거절해 불손하다는 인상을 주고 싶지도 않았다. 남자는 톰이 여행을 시작한 이래 정말 오랜만에 만나는 첫 번째 사람이었다. 대다수의 순례자들을 톰은 대도시와 마을 근처에서 마주쳤다. 그러나 그는 일찌감치 따뜻한 여름밤을 숙소가 아니라 탁 트인 하늘 아래서 보내기로 결심했기 때문에 사람들과 어울리는 일에 익숙하지 않았다.

톰은 홀로 있어야 자기 자신과의 대화에 오롯이 집중할 수 있고, 마지막 시험을 통과하는 데도 도움이 되리라 여겼다. 그러나 길의 끝을 얼마 남겨놓지 않은 이 시점에 하늘이 누군가를 보내 마지막 시험을 치르도록 도움을 베푸는 것이라면?

"무엇이 당신을 순례자의 길로 인도했나요?"

네덜란드 남자가 물었다. 톰은 약간 망설인 끝에 자신의 이야기를 들려주었다. 첫날 저녁 톰은 오로지 자신이 겪은 운명의 시련만 이야기했다. 그러나 이튿날 길을 함께 걷기로 의기투합한 때부터 톰은 자신이 겪은 다른 일, 특히 핑카에서 경험한 일을 이야기했다.

네덜란드 남자도 자신의 이야기로 화답했다. 그는 부유한 집안에서 태어나 부족함이라고는 모르고 자란 탓에 갈수록 물질에 염증을 느끼게 되었다고 했다. 그는 존재의 의미와 종교적 영성에 깊은 갈망을 가진 나머지 순례자의 길을 걷기로 결심했다고 털어놓았다.

같이 걸은 지 사흘째 되는 날, 톰은 남자에게 어떤 꿈을 꾸는지 물었다. 네덜란드 남자는 처음에는 이게 무슨 소리인가 싶었는지 어리둥절한 표정을 지었다. 톰이 네판테와 해몽가 노인, 그리고 자신의 꿈 이야기를 들려주자 그제야 남자는 반색을 했다.

"저도 아주 비슷한 경험을 했습니다."

남자는 의외로 이런 반응을 보였다.

"제가 스페인에 온 이후 존재의 의미를 찾으려는 여행에서 저를 이끌어준 것은 꿈입니다. 제 갈망도 거기에 있어요. '나는 누구인가?' 하는 거요."

톰은 이 네덜란드 남자도 자신과 매우 비슷한 꿈을 가졌다는 말에 내심 놀랐다. 그러면서 순례자의 길에서 만나는 많은 사람들이 같은 갈망을 가진 게 틀림없다고 생각했다. 자신의 정체성을 찾으려는 갈망은 누구나 품을 수 있으니까.

"저는 제 발길을 이끌어주는 보물을 하나 가지고 있죠."

세 번째 저녁 모닥불 앞에 마주 앉았을 때 네덜란드 남자가 불쑥 말했다. 톰은 기대에 찬 시선으로 그를 바라보았다.

"빨간색 루비인데요. 제 집안에서 벌써 몇 대째 물려 내려오는 유물이죠. 제 할머니는 이 루비가 마법의 힘을 가지고 있다고 하셨어요."

남자가 톰에게 설명했다.

"저도 그런 보석을 가지고 있어요."

톰은 자신도 모르는 사이에 반색하며 말했다. 그는 자신 외에도 보석의 안내를 받는 사람이 또 있다는 사실을 믿기가 어려웠다. 다른 누군가도 자신과 같은 길을 가고 있다는 확인이야말로 순례자의 길이 가지는 의미이리라. 비슷한 운명을 가진 상대를 만나 서로 배움을 주고받는 것이야말로 인간이 누릴 수 있는 최고의 선물이자 기회다. 하늘은 톰이 마지막 시험을 무사히 통과할 수 있도록 이 네덜란드 남자를 보내준 게 틀림없었다.

"그건 어떤 보석인가요?"

네덜란드 남자가 호기심으로 눈빛을 반짝였다. 톰은 잠깐 의심이 고개를 드는 것을 느꼈다. 의심을 자극한 것은 불쑥 치고 들어오는 남자의 질문이었다. 그러나 이내 톰은 그의 억양 탓에 든 느낌이겠지 싶었다. 의심과 고정관념이 오히려 혼란에 빠뜨려 순간에 집중하지 못하게 만든다는 점은 그동안의 시험으로 충분히 배우지 않았던가.

잠깐의 망설임 끝에 톰은 아버지에게 물려받은 에메랄드를 네덜란드 남자에게 이야기해주었다. 그것이 '타불라 스마라그디나'에서 떨어져 나온 조각이라는 점도 말해주었다. 남자가 이 신기한 이름을 듣고도 별다른 반응을 보이지 않는 게 놀라울 따름이었다.

그 또한 '타불라 스마라그디나'의 존재와 그 신비한 힘을 익히 알고 있다는 방증이라고 톰은 받아들였다. 네덜란드 남자는 상자를 꺼내 보석을 보여달라고 요구하지도 않았다. 톰은 남자의 그런 태도에 다소 안심을 했다.

'분명 이 사람도 자신의 루비를 보여주고 싶지 않겠지.'

톰은 얼마든지 이해할 수 있다는 표정을 지었다. 아무래도 부유한 집안 출신으로 자신이 가진 걸 자랑했다가 곤욕을 치른 경험이 적지 않은 모양이라고 생각하며 의심을 풀었다. 순례의 길을 가는 사람들은 특히 조심해야 했다. 선량한 순례자의 순진한 믿음을 이용해 그가 가진 재물을 빼앗는 사기꾼과 소매치기 이야기는 이 길에서 흔하디흔했기 때문이다.

톰은 이날 저녁 자신이 가진 보석이 아무런 가치가 없는 유리 조각에 지나지 않는다고 슬쩍 강조해두는 걸 잊지 않았다. 그러나 네덜란드 남자는 이미 톰의 이야기를 주의 깊게 듣지 않았다. 피곤한지 그는 조는 기색까지 보였다. 결국 두 남자는 모닥불을 피웠던 자리에서 그대로 잠이 들었다. 다음 날 이들을 기다리는 것은 순례의 마지막 구간이었다.

34

다음 날 아침에 잠에서 깨어난 톰은 남자가 사라진 걸 발견했다. 가슴이 철렁 내려앉은 그는 서둘러 상자를 더듬었으나 흥분한 탓인지 좀체 찾을 수 없었다. 그러다 전날 저녁 상자를 다른 호주머니에 넣어둔 것을 기억하고 나서야 비로소 마음을 놓았다. 톰은 주머니 안을 들여다보고 미소를 지었다.

"아침은 먹었어요?"

갑자기 네덜란드 남자가 등 뒤에서 물어왔다. 남자가 이미 꽁무니를 뺐다고 믿었던 톰은 흠칫 놀랐다. 남자는 야영지에서 멀지 않은 여인숙에 가서 갓 끓인 커피와 쿠키 몇 조각을 가져왔다고 했다.

"이른 아침에 잠에서 깼는데 다시 잠들 수가 없더라고요."

남자는 이렇게 말하며 상기된 톰의 표정을 읽었다.

"혹시 내가 당신의 보석을 가지고 도망갔다고 생각했나요?"

남자는 톰의 얼굴을 유심히 살폈다. 톰은 아무 말도 하지 못했다. 남자는 껄껄 웃음을 터뜨렸다.

"염려 마세요. 충분히 이해합니다. 저도 비슷한 일을 적잖이 겪었거든요. 부자는 늘 자신이 가진 걸 사람들이 훔쳐가는 게 아닐까 걱정하죠. 기분 나쁘게 생각하지 않습니다."

한결 가벼워지기는 했지만 그래도 겸연쩍은 미소를 지으며 톰은 고개를 끄덕였다. 남자의 의젓한 반응을 보니 나쁜 사람은 아닌 듯했다. 비록 묘한 구석이 있다는 인상을 받기는 했지만.

'나는 여전히 사람을 쉽게 믿지 못하는구나.'

톰은 속으로 이렇게 자책하며 앞으로는 고정관념에 사로잡히지 않도록 더욱 조심해야겠다고 다짐했다.

두 남자는 함께 아침 식사를 하고 약간의 담소를 나눈 뒤 다시 길을 나섰다. 오늘 두 사람은 남은 구간의 상당 부분을 소화해야만 했다. 그래야 내일 산티아고 데 콤포스텔라에 도착할 수 있었다. 이제 여정은 하룻밤만 남겨놓은 셈이었다. 두 남자는 아무 말 없이 걸으며 속도를 끌어올리는 데에만 집중했다.

톰은 길을 걸으며 남자의 옆모습을 이따금 살폈고, 이 남자가 자신의 마지막 시험에 도움을 줄 수 있을지 자문했다.

'그는 너무 많은 생각에 사로잡히지 않아야 한다는 점을 이미 나에게 일깨워주었어.'

톰은 혼잣말로 중얼거렸다.

'아마도 오늘 어떤 일이 일어나지 않을까? 나의 여행을 마무리 해줄 어떤 꿈을 이 마지막 밤에 꾸게 되지 않을까?'

그리고 실제로 이날 저녁 모닥불을 피우고 앉았을 때 톰이 예상하지 못했던 일이 벌어졌다. 네덜란드 남자와 톰이 불가에 앉아 저녁 식사를 할 때였다. 작은 덩치의 낯빛이 거무튀튀한 남자가 자신도 합석해도 좋은지 물었다. 그는 자신을 동쪽 출신의 순례자라고 했다. 톰과 네덜란드 남자는 이 나그네가 처음부터 미덥지 않았다. 목적지를 불과 몇 킬로미터 남겨두지 않은 지점에서 다른 순례자 무리에 끼려는 것부터가 수상하게 여겨졌다. 그만큼 이 작은 남자는 상당한 불신을 자극했다. 네덜란드 남자 역시 불편해하는 듯했다. 톰은 더는 나쁜 생각에 휘둘리지 말자고 다짐하기는 했지만, 신중해야 할 이유는 충분하다고 여기고 경계심을 늦추지 않았다.

동쪽 출신의 남자가 소변을 보겠다며 잠깐 야영지를 벗어났을 때 네덜란드 남자가 톰에게 속삭였다.

"저 친구 아무래도 우리의 소지품을 노리는 거 같은데요. 나는 저런 사람을 잘 알거든요. 이유도 없이 쫓아 보내는 건 불손하지만, 저 사람이 함께 있는 게 불편하네요."

톰은 고개를 끄덕이며 속으로 어떻게 해야 할지 생각했다.

"제가 보기에 우리 둘 가운데 한쪽은 가까운 여인숙에서 묵는 게 좋을 거 같아요. 우리 둘 다 가면 저 사람이 끝내 쫓아와 뭐든 훔쳐갈 거예요."

"하지만 한 사람만 간다면 보석은 어쩌죠?"

톰이 물었다. 아무튼 그 남자가 다시 나타나기 전에 두 사람은 빨리 결정을 내려야 했다.

"여인숙으로 가는 쪽이 둘 다 가지고 갑시다. 여기 두는 것은 안전하지 않으니까요."

네덜란드 남자는 이렇게 말하며 톰의 얼굴에 불편한 기색이 나타나는 것을 놓치지 않았다. 그는 친근한 목소리로 이렇게 물었다.

"누가 갈까요? 당신? 아니면 나?"

그 말에 톰의 얼굴이 다시 긴장을 풀었다.

'이 남자는 자신의 루비까지 나에게 믿고 맡기는구나.'

톰은 속으로 감탄했다. 그리고 네덜란드 남자를 의심한 자신에게 다시 부끄러움을 느꼈다.

"그럼 당신이 여인숙으로 가세요."

톰의 이 말은 사과처럼 들렸다. 그는 네덜란드 남자에게, 무엇보다도 자기 자신에게 나쁜 생각을 이겨내고 신뢰를 선물할 수 있음을 증명하고 싶었다.

"좋아요. 그럼 내일 아침 일찍 여인숙 앞에서 만나기로 해요. 그리고 함께 아침 식사를 하고 성당에 이르는 마지막 구간을 걷죠."

네덜란드 남자는 환한 미소를 지었다. 톰도 안도의 한숨을 쉬었다. 아마도 이것은 존재의 의미를 찾기 위해 치러야 하는 시험이리라. 중요한 것은 세상을 바라보는 신뢰를 다지는 일이었다. 톰은 상자를 꺼내 네덜란드 남자에게 건넸다. 자신의 가장 소중한 보물을 톰은 세상을 믿고 맡겼다. 세상은 사악하지 않다. 네덜란드 남자를 안 것은 불과 며칠밖에 되지 않았지만, 하늘은 톰에게 앞으로 세상을 다른 눈으로 바라볼 수 있도록 그를 보내준 게 틀림없다고 여겼다. 톰은 미소를 지었다. 보석이 든 상자를 늘 지니고 있다고 해서 세상을 보는 지혜를 익히는 것은 아니리라. 손에서 완전히 놓을 줄 아는 자세도 반드시 필요하다.

네덜란드 남자가 상자를 잘 챙기는 걸 지켜보며 톰은 흐뭇했다. 동쪽 출신 남자가 돌아왔을 때 네덜란드 남자는 저녁에 먹은 것이 탈이 난 모양이라며 오늘밤 자신은 여인숙에서 묵는 편이 낫겠다고 하면서 얼굴을 찡그렸다. 그러고는 주섬주섬 자신의 물건을 챙겨 자리를 떠났다. 톰은 미소를 지었다. 세상을 믿었다는 것, 그리고 이로써 존재의 의미를 찾아가는 여행에서 중요한 한 발을 내디뎠다는 점을 자신은 물론이고 세상에 보여주었다.

'보석은 나의 길을 가로막았던 장애물일 수도 있어. 보석을 손에서 놓을 줄 아는 마음의 여유가 나를 존재의 의미에 더 가까이 데려다주리라.'

왜소한 남자는 이미 옆자리에서 잠들어 코를 골았다. 톰은 지난 며칠 동안 일어난 일들을 돌이켜 보다가 차츰 졸음이 몰려오는 걸 느꼈다. 그는 자신이 보석을 그처럼 쉽게 내주었다는 사실에 새삼 놀랐다.

'너무 경솔했던 것은 아닐까? 아니야. 내일 아침에 보석은 분명 되돌려 받을 수 있을 테지. 단 하룻밤도 떼어놓을 수 없다면, 나는 영원히 그것에 묶이고 말 거야.'

톰은 이렇게 생각하다가 문득 지주와 핑카를 떠올렸다. 지주에게는 핑카가 그 인생의 길라잡이였다. 생각이 여기에 미치자 톰은 보석이 자신의 길을 인도해줄 거라던 아버지의 말을 기억했다.

'보석이 없어도 나 자신을 찾아갈 수 있을까?'

반쯤 잠이 든 상태에서 그는 이렇게 자문했다.

'가장 소중한 것일수록 손에서 놓을 줄 알아야 해. 그래야 그것이 다시 돌아올지 말지 알 수 있지. 이런 것이 진정한 사랑의 태도이리라.'

꼬리를 무는 생각이 그의 머리를 어지럽게 만들었다.

'하지만 나를 이끌어줄 보석이 없다면 어떻게 나는 자아를 찾을 수 있을까? 내가 누구인지 나는 어떻게 알아내지? 혹시 중심에 이르는 길은 중심으로부터 떨어져서 보는 것일까? 이 밤이 지나면 나는 자신이 누구인지 알게 될까?'

이런 생각 끝에 톰이 거의 잠들기 직전이었다. 이제 막 잠에 빠지려는 톰의 귀에 대고 길은 다시금 이렇게 물었다.

'너는 누구냐?'

35

남자는 환하게 빛이 비추는 곳에 서 있었다. 그는 자신이 어떻게 이곳에 오게 되었는지 여전히 알지 못했지만, 이번에는 드디어 답을 얻은 듯한 느낌을 받았다. 그는 피라미드 입구 위에 아치형으로 새겨진 글귀 덕에 자신을 이곳까지 이끈 늙은 베두인이 누구인지 알았다. 인류의 아주 오래된 언어 중 하나로 쓰인 글귀의 뜻을 남자는 읽는 즉시 깨달았다.

"인 라케치 알라 킨.(너는 나이며, 나는 너다.)"

이 글귀는 우리 인류가 곧 하나라는 고백이었다. 이런 고백은 숱한 문화와 오랜 언어들이 공통으로 빚어내는 지혜의 선언이었다. 남자는 입구 위의 이 글귀를 읽으며 우주의 음악을 듣고 있다는 느낌을 받았다.

그는 피라미드가 서 있는 이 숲속 공터가 자신이 지금까지 걸어온 여행, 오래전에 시작한 여행의 종착지임을 느꼈다. 물론 여전히 그는 자신이 누구인지, 이름이 무엇인지 알지 못했다. 그러나 자신이 누구인지, 이름이 무엇인지 하는 것은 본래 아무 의미가 없다는 느낌은 그만큼 더 분명해졌다. 천천히 그는 왜 자신이 이곳을 찾아왔는지 기억을 떠올렸다.

"오랜 진리를 찾으려 온 거예요. 당신이 알았지만 잊어버린 진리를 말입니다."

그는 이렇게 말하는 목소리를 들었다. 등을 돌리자 숲속 공터에 자신의 나귀가 서 있었다.

"그래, 맞아, 진리. 예전의 나는 진리를 의식하지 못했지만, 오늘 나는 이 진리를 다시 찾기 위해 왔어, 내 친구 코르메움."

남자는 목소리에 화답했다. 그는 온화한 표정으로 숲속 공터에 서 있는 나귀를 바라보았다. 공터에 서 있는 나귀의 모습은 그의 머릿속에 있는 어떤 추억을 자극했다. 이 장면은 이미 그가 아는 것이었다.

"당신은 진리를 찾을 수 있을 거예요."

그는 훨씬 더 부드러운 목소리가 크고 분명하게 말하는 것을 들었다. 다시 등을 돌린 남자는 마찬가지로 숲속 공터에 서서 그를 바라보는 한 소년을 발견했다.

"내 나귀가 마음에 들어요?"

남자는 놀란 눈길로 나귀를 보았다.

"이게 네 나귀니?"

남자가 물었다.

"물론이죠. 아시면서."

소년은 두 눈을 동그랗게 뜨고 대답했다.

"같이 가요. 진리를 찾도록 도와드릴게요."

나귀에 올라탄 소년이 말했다. 남자는 나귀를 탄 소년을 따라 숲으로 들어갔다. 둘은 숲을 지나고 초원과 강을 지나면서 꽃과 동물들을 보았다. 이어서 호숫가를 지나고 산을 넘었다. 길은 한 인생 전체를 고스란히 담아낸 것처럼 보였다.

둘은 길을 가는 내내 아무 말도 하지 않았다. 어디선가 나비들이 날아와 춤을 추었다. 남자는 그 나비들이 숲속 공터에서 보았던 그 나비들이라는 것을 알아보았다. 이제 나비들은 다시 두 사람 앞에서 춤을 추었다. 초원 위에서 춤추는 나비들 사이로 산들바람이 불었다. 바람은 조용한 음악을 연주했다. 그때 남자는 나귀를 탄 다른 소년들을 보았다.

"드디어 왔구나."

소년들 가운데 한 명이 말했다.

"우리는 가야 해."

"나도 곧 갈 거야."

처음의 소년이 다른 소년들에게 말했다. 그러고는 등을 돌려 남자를 보았다.

"나는 저 아이들을 이끌어야 해요. 내가 아니면 저 아이들은 꼼짝도 못하니까요. 저 아이들은 나와 내 나귀만큼 이곳을 잘 알지 못하거든요."

소년은 기다리고 있는 아이들을 가리켰다.

"하지만 당신이 진리를 찾도록 돕겠다고 약속할게요. 저는 약속은 꼭 지켜요."

소년은 남자에게 계속해서 말했다.

"여기요."

소년은 나비들이 춤추는 초원 한복판을 가리켰다.

"이 깃펜과 종이를 받고 여기에 앉으세요."

이 말과 함께 소년은 남자에게 깃펜과 종이를 건네고, 남자를 그 중앙에 앉게 했다. 남자는 이 모든 게 무얼 뜻하는지 알지 못했지만 소년이 시키는 대로 따랐다. 그런 뒤 이제 다시 나귀에 올라타 선두에서 아이들 무리를 이끄는 소년을 올려다보았다. 무얼 어떻게 하라는 거냐는 눈빛으로.

"이제 당신의 진리를 종이에 쓰세요."

아이들 무리를 이끌고 천천히 출발하면서 소년이 남자에게 말했다. 곧이어 나귀를 탄 소년 무리는 빛이 환하게 비추는 초원의 중심을 벗어났다.

"뭘 어떻게 하라는 거니?"

남자가 큰 소리로 물었다.

"나비들이 당신에게 행운을 가져다줄 거예요."

소년은 환하게 웃으며 나무들 뒤로 사라졌다.

남자는 무리의 마지막 나귀가 중심을 벗어나기까지 한동안 지켜보다가 글을 쓰기 시작했다. 기억은 그가 종이에 쓰는 문장마다 되살아났다. 내면에서 깊은 만족감을 느꼈다.

이렇게 시간이 흘렀다. 남자가 종이를 거의 꽉 채울 정도로 글을 써내려갔을 때 나귀를 탄 소년 무리가 다시 숲 중앙으로 돌아오는 것이 보였다. 예의 그 소년이 무리의 맨 앞에 있었다. 남자가 마지막 단어를 썼을 때, 소년은 나귀를 타고 남자 앞에 섰다. 남자와 소년은 서로를 보며 미소 지었다.

"이제 이걸로 무얼 해야 하니?"

남자는 자신의 이야기가 담긴 종이를 가리켰다.

"이제 그걸 피라미드 아래 깊숙하게 묻으세요."

소년은 이렇게 말하며 숲의 중심을 가리켰다. 놀랍게도 그곳에 녹색 에메랄드로 된 피라미드가 높이 솟아올라 있었다. 남자는 번쩍이는 피라미드를 넋을 놓고 바라보았다.

"왜 그렇게 해야 하지?"

남자는 환하게 빛나는 피라미드를 보며 물었다.

"그래야 진리가 사라지지 않으니까요."

소년이 남자에게 답했다. 그것은 남자가 들은 마지막 말이기도 했다. 빛이 더 눈부시게 반짝이면서 남자는 눈을 떴고, 자신의 꿈이 끝났음을 알았다.

36

대낮의 눈부신 빛이 톰을 잠에서 깨웠다. 눈을 떴을 때 톰은
자신이 혼자임을 알아차렸다. 덩치 작은 남자는 흔적도 없이
사라졌으며, 상자를 찾아 호주머니를 더듬던 톰은 어제저녁
그것을 네덜란드 남자에게 주었던 것을 떠올렸다.

서둘러 톰은 짐을 챙겼다. 벌써 많이 늦었다. 네덜란드 남자와
여인숙에서 아침 식사를 하기로 약속했는데, 꿈 때문에 톰은 너
무 오래 잠을 잤다. 그런데 그게 무슨 꿈이었을까? 톰은 여전히
생생하게 꿈의 내용을 기억했다. 다만 그 공터에서 종이에 쓴 문
장이 뭐였는지는 아리송했다.

너는 누구냐?

꿈은 이 질문의 답을 주지 않았다. 톰은 오로지 종이에 어떤 진

리를 썼다는 것만 기억했다. 빨리 자신의 에메랄드를 되찾아야 했다. 톰은 꿈에서 진리를 그 안에 숨겨놓았다.

'나의 돌은 답을 알고 있을 거야.'

톰은 여인숙에서 만나기로 한 시간은 지키지 못했지만, 네덜란드 남자는 틀림없이 약속한 대로 기다려주리라 생각했다. 이제 아침 대신 점심을 먹어야 하겠네. 톰은 네덜란드 남자에게 자신의 꿈 이야기를 해주고 다시금 보석에 대해서도 물어보리라 생각했다. 아마도 두 사람이 서로 힘을 합치면 이 꿈이 무얼 뜻하는지 답을 찾을 수 있으리라. 네덜란드 남자도 신비한 루비를 가지고 있으니 문제 해결에 도움을 주지 않을까.

그러나 톰은 여인숙에서 그를 만날 수 없었다. 처음엔 무얼 어떻게 해야 좋을지 몰라 난감하기만 했다. 늦잠을 자서 약속을 지키지 못한 것은 자신이었다. 톰은 왜 네덜란드 남자가 자신을 찾아 야영지로 돌아오지 않았을까 자문했다. 아침 일찍 여인숙에서 만나기로 했는데 안 오면 야영지로 와서 확인하는 게 상식 아닐까. 아마도 그는 톰이 이미 산티아고로 출발했다고 믿었을까.

자신도 서둘러 출발하려던 차에 어제 같이 야영을 했던 왜소한 남자가 다시 모습을 나타냈다. 그는 여인숙 옆의 우물에서 물을 길어 물주머니에 채우고 있었다.

"우리가 운이 좋았어."

남자가 톰을 보고 말했다. 톰은 그게 무슨 소리인지 몰라 어리둥절한 표정을 지었다.

"그 네덜란드 놈과 하마터면 같이 야영할 뻔했잖소. 그 작자가 알아서 가버렸으니 우리가 운이 좋았다고."

남자의 설명에 톰은 화들짝 놀랐다.

"오늘 아침 여인숙에서 아침을 먹는데 사람들이 하는 이야기를 들었소. 부잣집 출신이라고 떠벌리는 어떤 네덜란드 남자가 순진한 순례자들을 골라 등쳐 먹는다더군."

톰은 이 말에 아찔해지고 말았다.

"순진한 순례자에게 접근해 환심을 산 다음, 돈 될 만한 재물을 빼앗아 그대로 줄행랑을 친답디다."

톰은 안색이 하얗게 질렸다.

"그놈이 우리와 야영하지 않아 얼마나 다행이오. 당신이 눈총을 주어 쫓아냈으니 망정이지 정말 큰일 날 뻔했소이다."

왜소한 남자가 이죽거렸다.

"사실 나도 당신의 눈총이 불편했소. 하지만 나는 여인숙 신세를 질 형편이 아니라서. 그래서 당신이 그놈을 쫓아주어 내심 얼마나 기뻤던지. 고맙소이다."

이 말과 함께 왜소한 남자는 출발했다. 이미 점심때가 지나

부지런히 가야 이날 여정을 끝낼 수 있었기 때문이다.

톰은 그대로 무너졌다. 그는 여인숙 앞 계단에 주저앉아 울기 시작했다. 다시금 모든 것이 엉망이 되고 말았다. 또다시 그는 시험을 통과하지 못했다. 이번은 더욱 끔찍했다. 지금껏 치른 모든 시험과는 상대도 안 될 정말 단순한 사기에 속아 자신이 가진 가장 귀중한 것을 경솔하게 내어주고 말았다. 그 보석은 단순한 돌이 아니라 인생의 안내자였거늘. 이제 톰은 자신의 꿈이 무엇을 준비해두었는지 절대 알아낼 수 없게 되었다. 꿈에서 그 보석 밑에 진리를 숨겨두었는데, 이제 보석이 없으니 진리는 절대 알 수 없으리라. 톰은 꿈속에서 자신이 종이에 써놓은 것이 무슨 내용이었는지 떠올리기 위해 안간힘을 썼다. 그러나 보석이 없다면 그 내용을 기억할 수 없음을 톰은 인정해야만 했다.

이번에는 생각 없는 경솔함이 그를 기만의 함정에 빠뜨렸다. 전부를 잃었다. 톰은 목적지를 불과 몇 킬로미터 남겨놓지 않은 여인숙 계단에 주저앉아 이 마지막 구간을 끝까지 갈 수 없음을 가슴 아프게 새겼다.

37

오후의 해가 저물어가며 저녁이 오는 것을 알릴 때까지 톰은 그냥 그대로 앉아 있었다. 도시 쪽에서 두 명의 젊은이들이 나타나 여인숙으로 다가왔다. 이곳에서 하룻밤 묵어가려는 듯했다. 톰은 자신이 앉아 있는 계단으로 다가오는 청년들의 대화를 들었다.

"그 어처구니없는 친구는 자신이 진짜 신비한 보물을 찾아냈다고 믿은 모양이야."

둘 가운데 한 청년이 이렇게 말했다.

"전문 보석 세공사, 그러니까 내 선생님이 그건 그저 유리 조각에 지나지 않는다고 몇 번이나 확인을 해줬는데도 길길이 날뛰며 화를 내는 게 꼭 미친 놈 같더라고."

"그자가 보석함까지 그대로 던져놓고 사라졌다며?"

다른 사람이 물었다.

"선생님이 몇 가지 불편한 질문을 하기 시작하자 겁에 질려 내뺀 거 같아. 이게 정말 당신 거냐고 선생님이 꼬치꼬치 캐물 었거든."

다시 첫 번째 젊은이가 말했다.

"다른 순례자에게 훔친 게 틀림없어. 하지만 결국 제 꾀에 넘어간 셈이야. 유리 조각에 혹해 도둑질을 하다니."

두 젊은이는 큰 소리로 웃음을 터뜨렸다.

톰은 두 사람이 무슨 말을 하는지 분명하게 알아들었다. 그는 서둘러 두 사람에게 사건의 내막을 자세히 알려달라고 했고, 실제로 원했던 답을 들을 수 있었다. 그 보석상이 어디인 지 묻는 톰에게 두 사람은 선뜻 길을 알려주었다.

작은 상점은 도시 변두리에 위치했다. 보석상 주인은 톰이 숨을 헐떡이며 가게로 들어섰을 때 마침 문을 닫으려던 찰나였다.

"오늘은 벌써 끝났습니다."

이렇게 말하는 주인에게 톰은 서둘러 작은 보석함을 아느냐고 물었다.

"아직 그걸 가지고 계신가요?"

주인은 눈을 치켜떴다. 그리고 이내 미소를 지었다.

"당신이 그 귀중품 주인이군요."

주인은 톰에게 이렇게 말하며 금고에서 무엇인가를 꺼냈다. 그건 실제로 톰의 상자였다. 톰은 안도감에 가슴을 쓸어내렸다. 조금 전만 하더라도 톰은 젊은이들이 말한 보석함이 자기 것인지 불안했다. 하지만 상자는 분명 톰의 것이었다.

"귀중품이라니요? 선생님 말씀대로라면 무가치한 저의 유리 조각을 말하는 거죠?"

톰은 묻는 듯한 표정으로 보석상 주인을 보았다. 주인은 다시금 온화한 미소를 지었다.

"유리 조각이라고 내가 호통을 쳐서 그 사기꾼을 내쫓긴 했지요."

주인이 말했다.

"나처럼 이 장사를 오래 하다 보면 누가 훔친 걸 들고 오는지 단박에 알아보죠."

톰의 얼굴을 찬찬히 살피던 그는 잠시 뒤에 이렇게 덧붙였다.

"그리고 '타뷸라 스마라그디나'에서 떨어져 나온 조각의 진짜 주인이 누구인지도 곧장 알아볼 수 있답니다."

그 말에 톰의 눈동자가 보름달처럼 커졌다.

"그 작은 에메랄드는 제게 아주 소중한 것입니다. 돈으로 가치를 매길 수 없어요."

톰이 조심스럽게 말했다. 그는 보석상 주인이 보석과 상자를 되돌려주는 것에 비싼 대가를 요구하지 않을까 걱정했다.

"염려 마세요."

주인은 다시 미소를 지었다.

"이걸 돌려주는 대가는 받지 않을 겁니다. 이처럼 소중하고 신비로운 보석을 가진 사람은 하늘의 도움을 받는 법이니까."

톰은 무어라 말해야 좋을지 몰라 진땀을 흘렸다. 이런 경우에는 어떤 단어가 어울리는지 적당한 표현이 떠오르지 않았다. 조금 전만 해도 그는 모든 걸 잃었다고 믿었다. 그러나 이제 운명은 그를 기막힌 인연으로 이끌었다. 보석상 주인은 톰의 아버지가 하트 보석을 본 그대로 그 소중한 가치를 읽지 않았는가.

'이 세상에는 신비로운 마법이 존재하는구나.'

톰은 평정심을 유지하려 노력했다.

"물론 이 보석의 정신적 가치는 이루 말할 수 없이 크죠. 그런데 물질적 가치도 만만치 않아요."

보석상 주인이 잠시 이어진 정적을 깨고 말했다. 주인은 온화한 기쁨이 배어나오는 미소로 덧붙였다.

"자, 제가 뭘 더 해드릴 수 있을까요?"

보석상 주인은 이렇게 묻고는 대답을 기다리지도 않고 덧붙였다.

　"이미 말했듯 오늘은 가게 문을 닫았어요."

　이 말과 함께 주인은 톰에게 에메랄드가 담긴 상자를 건네주고 그를 문까지 배웅했다. 작별을 하면서 톰은 눈물이 그렁그렁한 눈으로 이렇게 말했다.

　"감사합니다! 이 모든 것에 정말 감사합니다."

38

톰은 한동안 상점 앞에 서서 자신의 상자를 하염없이 바라보았다. 종소리가 울려 퍼지고 나서야 비로소 톰은 상념에서 깨어났다. 붉은 저녁놀의 따뜻함이 소도시의 거리를 밝혔다. 그제야 톰은 거리를 오가는 수많은 사람들을 알아보았다. 거리를 메운 사람들 대다수가 순례자였다. 지나가는 어떤 남자를 멈춰 세우고 톰이 물었다.

"이 도시 이름이 뭐죠? 여기서 산티아고 데 콤포스텔라는 어떻게 가야 하나요?"

남자는 놀란 눈으로 톰의 얼굴을 살폈다. 그리고 어처구니가 없다는 듯 실소했다.

"그 물음의 답이 당신이 원하는 곳으로 이끌 겁니다."

톰은 무슨 말인가 싶어 어리둥절한 표정을 지었다.

"선생님은 이미 산티아고 데 콤포스텔라에 왔다고요. 어서 갑시다! 벌써 성당 종소리가 울리는군요. 곧 미사가 시작될 겁니다."

무엇에 홀린 사람처럼 군중에 휩싸여 걷던 톰은 커다란 광장에 도착했다. 오랜 여행 끝에 마침내 목적지에 도착한 순례자들과 더불어 그는 성당의 첨탑을 우러러보았다. 광장에서 올려다본 성당은 보는 사람의 가슴을 먹먹하게 만들 정도의 위용을 자랑했다. 이곳에 이르는 길의 모든 에너지가 모인 것마냥 우뚝 솟은 성당은 보는 것만으로도 경외심을 자아냈다. 인간들이 성당에 투사하는 에너지는 톰이 꿈에서 보았던 피라미드의 찬란한 색채로 빛을 발했다.

군중이 성당 입구로 마치 한 몸처럼 발걸음을 옮겼다. 톰도 그들을 따라 걸음을 옮겼다. 이곳에서 그동안 걸어온 길이 끝나리라. 그는 자신의 작은 상자를 손에 꼭 쥐었다. 걸으며 어떻게 해야 자신의 마지막 시험을 통과할지, 꿈이 말해주고자 했던 게 무엇인지 막 생각하기 시작한 찰나, 톰은 그 사람을 보았다. 군중에 떠밀리다시피 성당 입구 쪽으로 나아가다가 입구 옆에 서서 환하게 웃는 해몽가 노인을 본 것이다. 오래 걸리지 않아 톰은 노인 앞에 섰다.

"이렇게 다시 볼 수 있어 반갑군요."

노인이 웃으며 말했다. 톰은 묵묵히 고개만 끄덕였다.

"드디어 해냈군요."

톰은 조용히 해야 할 말을 골랐다.

"아니요. 저는 하마터면 제 에메랄드를 잃을 뻔했습니다. 그리고 제가 꿈에서 깨달은 진리가 있는데, 그게 무엇이었는지 기억이 나지 않습니다."

노인은 톰의 얼굴을 물끄러미 바라보다가 고개를 약간 숙이며 미소를 지었다.

"당신은 행운아입니다. 꿈은 내가 풀어줄게요."

얼마 뒤 두 사람은 성당 앞 광장의 어느 카페에서 마주 앉았다. 노인은 톰을 군중에서 빼내 이곳으로 이끌었다. 톰은 순례자의 길을 걸으며 겪었던 일을 노인에게 모두 이야기했다. 네덜란드 남자와 보석상 주인을 만난 일도 이야기했고, 어떻게 자신의 보석을 되찾았는지도 말했다. 그리고 자신이 가진 에메랄드가 실제로 '타불라 스마라그디나'에서 떨어져 나온 것이라 대단히 높은 가치를 가진다는 점도 솔직히 이야기했다. 그런 다음 톰은 자신이 마지막으로 꾸었던 꿈을 노인에게 묘사했다. 이야기를 끝낸 그는 기대에 가득 찬 눈으로 노인을 바라보았다.

"그게 무얼 뜻하는지 말씀해주실 수 있나요? 대체 저는 어떤 진리를 깨달았고, 어째서 그것을 잊었을까요? 소년이 저에게 쓰게 한 종이에는 무슨 내용이 담겼을까요? 그리고 무엇보다도… 저는 누구인가요?"

노인은 청년을 그윽한 눈길로 아주 오랫동안 바라보았다. 그는 네판테의 노송나무 앞에서 톰을 처음 만났을 때부터 이미 이 모든 물음의 답을 알았다. 톰에게는 마치 영원처럼 느껴질 만큼 오랜 침묵이 이어진 끝에 노인은 숨을 깊게 들이마시고 말했다.

"이제는 약속한 대가를 받을 때가 왔군요."

톰은 노인의 말에 마음이 약간 불편해지는 걸 느꼈다. 그는 노인의 꿈풀이가 공짜가 아니라 대가를 주어야 하는 것임을 완전히 잊고 있었다. 네판테에서 톰은 노인이 나중에 요구하는 것은 무엇이든 주겠다고 약속했다.

'이 지혜로운 노인은 이 모든 걸 예견했구나.'

노인은 꿈이 그 진정한 속내를 드러내려면 시간을 필요로 한다는 것, 그리고 결정적 순간에 톰이 그의 도움을 필요로 하리라는 것을 이미 알았으리라. 아니면 그 노송나무가 바람으로 노인의 귀에 속삭여주었던 걸까. 그때만 하더라도 톰은 대가에 대한 걱정은 하지 않았다. 노인의 꿈풀이를 더 필요로 하게 될지는 전적으로 자신의 손에 달렸다고 믿었으니까. 시간이 흐르면서는 두 사람 사이의 결속감 때문에 노인이 대가를 요구할 거라는 점도 까맣게 잊고 있었다.

"무엇을 원하나요?"

톰이 불안한 목소리로 물었다. 그의 손은 작은 상자를 더듬었다. 네판테에서 만났을 당시 그는 노인이 보석을 노리는 게 아닌지 의심했다. 어쩌면 노인은 이미 신비의 타불라를 가지고 있으며, 톰의 돌이 이를 완성해줄 마지막 퍼즐 조각일지도 모른다. 톰은 근심을 떨치지 못하고 보석이 든 상자를 손으로 꼭 쥐었다. 인생의 목표를 바로 목전에 둘 정도로 가까이 왔다 할지라도, 보석은 아버지를 추억할 수 있는 유일한 유품이 아닌가. 톰은 노인의 눈이 자신의 호주머니를 보고 있는 걸 알아차렸다. 그의 심장이 빠르게 뛰었다.

"그 상자를 이리 주세요."

노인이 말했다.

톰은 노인의 눈빛이 자신을 시험한다고 느꼈다. 노인이 원하는 것은 바로 자신의 보석이었다. 톰은 오후에 잃어버린 보석을 두고 슬피 울던 그 여인숙 앞 계단으로 되돌려진 기분이었다.

'대체 어떻게 해야 좋을까?'

꿈풀이의 대가로 노인에게 하트 보석을 바쳐야 한다.

'어떻게 이럴 수가 있지?'

톰의 머릿속은 동시에 떠오른 여러 상념들로 어지러웠다.

'정말 노인에게 이 보석을 주어야만 할까? 혹시 노인이 그 네덜란드 남자처럼 무슨 속임수를 쓰는 게 아닐까? 노인의 꿈풀이가 이 보석을 요구할 만한 가치가 있을까?'

그 순간 톰은 마지막 꿈풀이가 아직 남았음을 깨달았다.

"먼저 제 마지막 꿈이 무슨 의미를 가졌는지 말해주세요."

톰은 노인에게 요구했다. 그러나 노인은 이렇게 대답했다.

"그러자면 먼저 그 상자를 나에게 주어야만 해요."

노인은 톰이 자기 자신과 싸우는 걸 말없이 지켜보았다. 그는 자신의 모든 과거가 이 상자 안에 담겼다고 생각했다. 그가 한때 경험하고 사랑했던 모든 일들과 추억이….

그러나 톰은 노인의 말이 옳다는 것을 알았다. 지금까지 노인이 베풀어준 지혜로 미루어볼 때 마지막 꿈풀이도 틀림없이 잘 해주리라. 그 보상으로 보석을 요구할 권리를 노인은 분명 가졌다.

"도 우트 데스.(Do ut des.)"

톰은 라틴어 속담을 새겼다.

'내가 주는 것은 너로 하여금 베풀게 하기 위함이라.'

이는 아주 오래된 법이다. 하늘을 노엽게 하지 않으려면 우리는 이 법을 어겨서는 안 된다. 톰은 상자를 꺼내 지그시 살펴보았다. 시간이 흘렀다. 노인은 톰과 그 녹색 에메랄드가 들어 있는 상자로 이뤄진 장면을 온화한 눈길로 지켜보았다.

'사람들이 좌절하는 것은 대개 마지막 시험이지.'

노인은 눈앞의 장면을 지켜보며 생각했다.

'이 마지막 순간, 사람들은 겉으로는 마지막인지 잘 알 수 없지만 그 순간까지 자신이 평생 품어온 꿈을 좇기 마련이야. 이 순간은 가장 어두운 밤의 시간이지. 해가 떠오르기 직전의 순간이야. 하늘이 선물로 준 믿음을 소중히 지키는 대신, 바로 이 목표 앞에서 사람들은 무너지곤 하지. 모든 수고는 헛수고가 되고, 이들은 떠오르는 해를 절대 보지 못하리. 해가 다시 떠오른다고 믿지 못하니까.'

톰은 여전히 자신의 상자를 뚫어져라 응시했다. 그는 오로지 이 순간과 하나가 되었다. 그는 생각을 다스리는 법을 배웠다. 끓어오르는 상념은 그에게 더는 해를 끼칠 수 없었다. 그는 자신이 처한 바로 지금 이 순간에 온전히 몰입했다. 눈을 감고 손에 쥔 보석 상자를 느꼈다. 아버지가 베풀었던 모든 마법의 힘이 이 순간에 녹아들었다. 아버지를 떠올리는 추억은 톰과 하나가 되었다. 커다란 전체의 일부가 되었다. 인 라케치 알라 킨. 정신의 눈앞에 떠오른 글귀, 톰은 정신의 눈으로 그 문장을 보며 우주 영혼과 하나가 된 자신을 느꼈다. 그리고 지나간 시간과 앞으로 올 시간과 떼려야 뗄 수 없이 결합한 자신을 보았다. 그 모든 사건과 장면들, 여행하며 만난 모든 사람들과 네판테의 아담한 노파와 산장지기, 지주와 후아니타, 심지어 네덜란드 남자와 동쪽 출신의 키 작은 남자, 두 명의 청년과 보석 상자, 물론 해몽가 노인과도 결합했다.

그 순간 톰은 다른 결합도 느꼈다. 아버지와 자신을 연결하는, 뗄 수 없는 끈을 감지한 것이다. 그는 한동안 이 느낌을 음미했다. 자신의 아버지가 누구였는지, 그가 어떤 삶을 살았는지 고스란히 느껴졌다. 아버지의 인생이 마치 자신의 인생처럼 그의 눈앞에 환히 펼쳐졌다. 톰은 그 자신이 우주의 일부이며, 자신 안에 우주가 있는 것을 깨달았다. 이 진리를 기억하는 데 보석은 더 이상 필요하지 않으리라.

더할 수 없이 온전한 평화로움 속에서 톰은 눈을 떴다. 그는 지혜로운 노인을 친근한 눈길로 바라보며, 노인이 말한 것을 건네주었다. 상자를 손에서 놓으면서 톰은 자신이 지금 느끼는 평화가 온 세상으로 퍼져나가는 걸 느꼈다. 주변의 모든 것이 밝아지고 차분해졌다.

노인의 기쁨 또한 이보다 더 클 수 없으리라. 그는 상자를 받아들고 뚜껑을 열었다. 한동안 노인은 그 안을 지그시 바라보았다. 그러고는 미소를 지었다. 이제 거대한 전체의 마지막 퍼즐이 완성되었다. 노인이 예견한 그대로. 산상의 노송나무 앞에서 톰과 마주 섰을 당시 바람이 노인에게 새로운 기적의 도래를 귀띔해준 바로 그대로. 이 새로운 기적은 심장의 가장 깊은 곳에서 우러나는 믿음을 가진 사람만이 이룰 수 있는 것이었다.

노인은 상자를 연 채 톰에게 돌려주었다. 톰은 노인의 태도에 화들짝 놀랐다. 그가 원했던 것이 그 안에 없는 걸까?

"이 에메랄드 밑에 숨겨둔 것을 나에게 보여주세요. 그게 내가 요구하는 대가입니다."

톰은 노인의 말을 얼른 이해하지 못했다. 그는 꿈은 기억했지만, 소년이 시키는 대로 써내려간 진리는 까맣게 잊고 있었다. 노인이 그에게 풀어주어야 하는 것은 바로 이 진리가 아닐까? 톰은 상자 안을 들여다보았다. 잠깐 동안은 그 안이 텅 빈 게 아닐까 걱정했다. 그러나 작은 녹색 에메랄드는 톰의 눈빛을 받아 반짝였다.

톰은 아버지가 이 유품을 남겨준 이래, 이 에메랄드에 손을 대는 것조차 조심스러워했다. 아버지의 임종을 지켜보며 그 침상 옆에서 이것을 발견했을 때도 에메랄드를 건드리면 기억이 무너지는 게 아닐까 걱정되어 만지지도 못했다. 어려서 에메랄드를 만졌을 때 느꼈던 감정이 그대로 지워질 것만 같았다. 나중에 그것에 손가락을 베었을 때도 톰은 이 보석은 상자 안에 두는 것이 더 낫다고 여겼다. 더는 떠올리고 싶진 않지만, 사랑하는 여인이 죽었을 때 완력으로 이 보석을 깨부수려 했을 때도 그는 불행의 나락으로 추락하지 않았던가.

그러나 지금 톰은 보석을 천천히 꺼내 품 안에 품었다. 보석의 마법이 톰에게 천천히 건너왔다. 그것은 그저 아름다운 보석일 뿐이었다. 이것을 더는 두려워하지 않으리라. 보석의 반짝임을 자세히 살피던 톰은 그 아래 뭔가가 있음을 알아차렸다. 보석 밑에서 잘 접힌 한 장의 종이가 모습을 드러냈다. 아주 오래전에 누군가 집어넣은 게 틀림없는 작은 쪽지였다. 종이가 누렇게 뜬 것만 보아도 세월의 무게가 느껴졌다.

톰은 종이를 상자에서 조심스럽게 꺼냈다. 노인의 눈길이 느껴졌다. 톰은 종이를 펼치지 않고 그대로 노인에게 건네주었다. 그것은 노인이 받아 마땅한 대가였다. 자신에게는 그것을 볼 권리가 없다고 생각했다. 지혜로운 노인은 감사의 표시와 함께 종이를 받았다. 그리고 조심스럽게 종이를 펼쳐 거기 쓰인 글을 읽기 시작했다. 단어 하나하나가 노인의 영혼을 어루만졌다. 노인은 그동안 꿈풀이를 해주며 이런 경험을 한 적이 없었다. 그는 글귀를 읽으며 어린 소년의 손이 자신의 영혼을 쓰다듬는 걸 느꼈다.

"이걸 당신의 심장에 담아두십시오."

노인은 쪽지를 톰에게 다시 건네며 말했다. 톰은 놀라서 눈을 크게 떴다.

"제가 이걸로 무엇을 해야 하는지요?"

노인이 종이를 가지거나, 그 내용을 풀어주리라고 기대했던 톰은 황망한 표정을 지었다.

"그건 늘 그랬듯 당신이 결정할 일입니다. 이제 당신은 빚을 갚았어요. 내가 바라는 걸 모두 보여주었으니까요."

톰은 아주 오래전에 쓰인 게 틀림없는 종이를 살펴보았다. 조각의 본체인 타불라에 적혀 있는 글의 사본일까? 톰이 글귀를 읽기 전에 지혜로운 노인이 다시금 그에게 말했다.

"당신이 꼭 들어주었으면 하는 부탁이 하나 있습니다."

톰은 노인의 말을 귀담아듣고 노인에게 약속을 지키겠다고 다짐했다.

"당신이 배운 것을 세상에 베풀도록 하세요. 이제 나에게 남은 날들은 얼마 없습니다. 하지만 하늘은 길을 찾아 헤매는 사람에게 도움을 줄 누군가를 늘 필요로 하지요."

에필로그

톰은 책을 덮었다. 모든 것을 자세히 기록하느라 정말 오랜 시간이 걸렸다. 알라 킨과 나귀가 시간이 사라진 사막에서 겪은 이야기였다. 이제 그는 내면의 깊은 평화와 함께 정원에 앉아 새들이 지저귀는 소리를 들었다. 마치 모든 것을 다시 새롭게 경험하는 기분이었다. 존재의 의미를 찾아 나서며 일체의 잡념을 떨쳐버릴 때 우리는 비로소 진정한 자아와 만날 수 있다. 주의를 흐리고 혼란에 빠뜨리는 상념은 알라 킨이 몸소 겪었듯 우리를 절망의 심연에 떨어뜨린다.

알라 킨을 구원해준 것은 순간에 몰입하는 자세였다. 몰입은 존재의 의미를 탐색하는 사람이 꼭 갖추어야 할 전제 조건이다. 존재의 의미를 찾아 헤매는 것은, 알라 킨이 사막에서 방황했던 것처럼 좀체 진전을 이루지 못하고 쓰라림만 맛볼 뿐이다.

알라 킨이 사막에서 나귀를 타고 헤맨 끝에 늘 야자나무로 돌아오던 것을 떠올려보라. 마음을 비우고 버릴 줄 아는 여유만이 명료한 답을 이끌어낼 수 있으리라. 사막에서 빠져나갈 길이 없음을 깨닫고 알라 킨이 마음을 비웠을 때 비로소 그는 인생의 의미를 깨닫지 않았던가.

존재의 의미를 찾기 위해 내면 깊숙한 곳까지 들어가야만 우리는 어린 시절부터 품어온 진정한 꿈과 마주한다. 자신의 꿈에 충실한 인생을 살아갈 유일한 방법은 심장이 들려주는 이야기에 귀를 기울이는 것이다. 나귀를 타던 어린 시절로 돌아갔을 때 톰은 비로소 진리를 깨달았다. 어려서 쉽고 간단하게 여겼던 일은 어른으로 살아가면서는 결코 간단하지 않다. 그러나 존재의 의미를 찾고자 한다면 반드시 심장에 귀를 기울여야 한다.

바로 이것이 아버지가 톰에게 해주고 싶었던 이야기였다. 이런 이치는 톰이 그토록 애타게 찾아 헤맸던 답 이상으로 중요하다. 답은 톰이 걸어온 길에 이미 있었다.

해몽가 노인이 사라지고 난 뒤, 쪽지에 적혔던 글은 너 자신의 심장에 충실하라는 가르침이었다. 톰은 미소를 지었다. 그는 모든 것을 선명하게 기억했다. 몇 년이라는 세월이 흐르고 그의 아이들이 태어났을 때, 그는 저녁마다 아이들의 방에 가서 나귀를 탄 소년의 이야기를 들려주었다.

옮기고 나서

인생을 살며 누구나 언젠가 방향을 가늠할 수 없는 어둠에 사로잡힌다. 빠르든 늦든. 어디로 나아가야 할지 몰라 더듬는 손길은 어둠의 벽에 턱턱 막힐 뿐이다. 이 칠흑과도 같은 어둠 속에서 한 줄기 빛을 찾아본 사람은 안다. 어둠에서 빠져나가려 몸부림칠수록 어둠에 더욱 깊이 사로잡힐 뿐이라는 사실을! 허우적대는 손길로 더듬는 술잔은 외려 나를 집어삼킬 따름이다.

누군가 또는 무엇인가 길라잡이를 해주면 좋으련만. 우리는 어디서 도움의 손길을 찾을 수 있을까? 아니, 그런 도움을 베풀어줄 것이 실제 있기는 할까? 야인Jein! 긍정도 부정도 아닌, 긍정이면서 부정이기도 한 답을 뜻하는 독일어 표현이다.

'Yes'(Ja)와 'No'(Nein)를 하나로 뭉뚱그려 만든 말이다.

우선, 개인에게 딱 맞춤한 처방은 어렵다는 점에서는 '나인Nein'이다. 하지만 주어진 교훈을 차분히 음미하노라면 얼마든지 자신의 삶에 응용할 수 있는 지혜의 샘이 넘쳐난다는 점은 '야Ja'하고 긍정하게 만드는 측면이다. 더욱이 다른 산의 나쁜 돌이라도 자신의 옥돌을 다듬기에 부족함이 없다는 타산지석의 자세는 눈을 크고 밝게 떠야 할 필요를 일깨운다.

우리는 어디서 왔으며, 어디로 가는 존재일까? 우리는 살아 있는 동안 어떻게 살아야 좋을까? 어디에서Woher 어디로Wohin, 그리고 어떻게Wie를 묻는 이 세 가지 물음을 우리는 철학이라 부른다. 다시 말해서 삶의 바람직한 방향을 끊임없이 물어온 것이 철학이다. 그리고 우리는 이 물음에 답을 주려한 다양한 시도들을 안다.

세상의 고전은 바로 이 물음을 풀려는 탐색과 노력의 결과물이다. 그리고 놀랍게도 플라톤이 증언하는 고대 아테네 사회는 오늘날 우리의 그것과 크게 다르지 않다. 기득권을 지키려는 아귀다툼, 거리낌 없이 꾸며대는 거짓말, 정의로운 사람에게 얼토당토않은 죄를 뒤집어씌우는 각종 음해가 빚어내는 어둠을 향해 소크라테스는 제발 너 자신을 알라고 일갈했다!(네가 아무것도 모른다는 점을 알라!)

세상에는 자기만이 옳다는 아집과 자신만이 모든 걸 안다는 호언장담으로 넘쳐난다. 앞뒤 가려가며 제대로 따져 묻기도 전에 자신이 가리키는 쪽으로만 따라오면 만사가 형통하단다. 어떻게 아셨죠? 점을 보니까, 신이 나에게만 알려줬으니까.

그러나 근본적으로 내일 일을 안다는 말은 거짓말이다. 우리가 알 수 있는 것은 지난 일에 한정될 뿐이기 때문이다. 과거의 역사마저도 저마다 다른 관점이 얽혀 출구를 알 수 없는 미로를 빚어내는 판국에 미래를 안다는 주장은 사기에 지나지 않는다. 그럼에도 우리는 미래를 알려준다는 말에 반색을 하며 귀부터 연다. 아니, 심지어 지갑까지도 흔쾌히 연다. 그만큼 알고 싶다는 갈망이 크기 때문이다. 하지만 그럴수록 어둠은 더 깊어질 따름이다.

이 책의 주인공 톰은 아버지를 잃고 어둠의 한복판에 섰다. 유일한 혈육, 더구나 아버지를 잃은 상실감은 그의 삶을 송두리째 뒤흔들었다. 오죽하면 옛사람들은 아버지를 여의는 일을 천붕天崩, 곧 하늘이 무너지는 아픔에 비했을까. 그러나 이 작품이 그리는 상실은 오히려 하늘을 열어갈 소중한 기회의 포착이다. 아버지를 여의고 정처 없이 떠난 여행은 꿈이라는 장치를 통해 세 단계를 밟으며 톰에게 홀로 설 힘과 지혜를 선물한다.

첫 번째로 톰이 통과해야 하는 시험은 '바로 지금 여기hic et nunc'라는 순간의 소중함을 깨닫는 일이다. 로마의 시인 호라티우스는 친구에게 이런 다짐의 시를 선물한다. "어리석게 굴지 말고, 와인을 거르며, 멀리 내다보는 모든 희망은 포기하세! 카르페 디엠, 앞으로 올 날은 되도록 믿지 말게나."

Carpe diem! 그렇다. 우리가 가진 것은 오로지 바로 지금 이 순간일 뿐이다. 이미 흘러가버린 과거를 두고 가슴을 친들, 오지도 않은 미래를 붙들고 씨름한들, 와인은 쉬어버릴 뿐이다. 상한 와인에 집어삼켜진 우리는 근심이라는 어둠으로부터 헤어 나오지 못한다. 미래를 무시하자는 말이 아니다. 순간이라는 주어진 현재에서 최선을 다하는 자세가 원하는 미래를 열어갈 열쇠라는 다짐이 호라티우스가 우리에게 권하는 맛좋은 와인이다.

그러나 순간에 충실하며 살아가는 일은 결코 간단하지 않다. 인간은 시간 앞에서만큼은 절대적으로 평등하다. 하루 24시간에서 단 1초도 더 누리거나 덜 가지는 사람은 없다. 다만 이 24시간의 반복은 끝없이 원점에서 다시 출발하는 것 같은 인상을 불러일으킨다. 어김없이 되풀이되는 일상 속에서 평정을 유지하며 순간에 충실한 삶은 엄청난 인내심을 요구한다. 게다가 판박이처럼 변할 것도 달라질 것도 없어만 보이던 일상은 어느 순간의 강력한 타격을 받아 뿌리부터 흔들릴 수 있다. 어찌할 수 없는 운명처럼 강타하는 사건, 사고는 아예 삶을 짓밟는 가공할 파괴력을 자랑하기도 한다.

운명의 시련을 이겨낼 유일한 방법은 마음의 균형을 잃지 않는 평정심이다. 작가는 톰에게 운명의 시련을 겪게 하면서 이런 말을 슬쩍 흘린다. "생각의 힘이라는 게 참으로 묘하구나. 암울한 생각은 납덩이처럼 사람을 짓누르지만, 밝은 생각은 가볍게 날 수 있는 날개를 달아주잖아." 아버지든 사랑하는 후아니타든 소중했던 사람을 잃는 것은 쉽게 떨칠 수 없는 깊은 아픔을 남긴다. 그러나 이런 아픔에 무너지고 만다면 이런 좌절이야말로 그 소중한 인연을 저버리는 태도가 아닐까.

바로 그래서 톰이 치러내야 하는 마지막 시험은 "나는 누구인가?" 하는 물음의 답을 찾는 일이다. 작가는 이 자아 탐색을 위해 톰으로 하여금 순례자의 성지 산티아고 데 콤포스텔라를 찾게 만든다. 이 순례의 결말은 독자 여러분이 직접 확인해보시기 바란다.

다만 서두에서 작가가 슬쩍 심어놓은 장치 하나는 그 배경을 알아야 전체 맥락을 이해할 수 있어 잠깐 설명해보기로 하자. 톰이 첫 번째 꿈을 꾸는 대목에는 다음과 같은 표현이 나온다. "모래알 한 알이 우주다."

이 말은 철학의 아주 오랜 지혜를 압축한 표현이다. 아리스토텔레스는 그의 논리학에서 '전체와 부분'이라는 매우 흥미로운 통찰을 선보인다. 우리는 흔히 부분들이 모여 이루는 것, 곧 부분들의 총합이 전체라고 생각한다. 이를테면 돌과 나무와 동물이 모여 자연이라는 전체를 이룬다. 수학의 집합 개념으로 이해한다면 자연이라는 전체를 이루는 부분들이 돌과 나무와 동물이다. 여기서 아리스토텔레스는 중요한 물음을 제기한다. 그럼 자연이라는 전체는 어디 있을까? 자연이라는 추상적인 전체는 하나의 돌, 한 그루의 나무, 한 마리의 동물 안에서만 그 구체적 모습을 얻는다. 말인즉, 부분을 통해서야 비로소 전체는 존재한다. 나는 우주의 지극히 미미한 한 부분일 뿐이지만, 우주는 내 안에서 숨 쉰다!

"인 라케치 알라 킨."

톨스토이는 영원한 생명의 비결로 사랑을 꼽았다. 너를 향한 나의 사랑은 곧 우리를 만들며, 우리의 사랑은 영원히 이어지리니! 사랑을 통해 영원을 호흡할 수 있는 축복이 독자 여러분과 함께하기를 간절히 소망한다.

2022년 3월 7일
김희상

나귀를 탄 소년

: 인생은 평온한 여행이 아니다

초판 1쇄 인쇄 2022년 4월 1일
초판 1쇄 발행 2022년 4월 7일

지은이 | 네스토어 T. 콜레
옮긴이 | 김희상
펴낸이 | 한순 이희섭
펴낸곳 | (주)도서출판 나무생각
편집 | 양미애 백모란
디자인 | 박민선
마케팅 | 이재석
출판등록 | 1999년 8월 19일 제1999-000112호
주소 | 서울특별시 마포구 월드컵로 70-4(서교동) 1F
전화 | 02)334-3339, 3308, 3361
팩스 | 02)334-3318
이메일 | tree3339@hanmail.net
홈페이지 | www.namubook.co.kr
블로그 | blog.naver.com/tree3339

ISBN 979-11-6218-197-3 03850